Das Ghetto-Sex-Tagebuch

Sıla Sönmez

Das Ghetto-Sex-Tagebuch

Roman

ANAIS

Vorwort

Ich, Ayla Atakol, habe von meiner Therapeutin die Aufgabe bekommen, einen Monat lang meine Erlebnisse in einem Tagebuch festzuhalten. Na, hoffentlich stellt sie danach endlich was fest. Für die Klapse bin ich nicht psycho genug, doch für mein Alter anscheinend nicht normal, für Türken verdeutscht, für Deutsche eine Türkin. Für sensible Menschen zu burschikos und durchtrieben. Für Asis zu öko und für Ökos zu asi. Für Lehrer zu temperamentvoll. Für andere wiederum einfach nur direkt.

Als ich das erste Mal in der 4. Klasse zum Schulpsychologen geschickt wurde, weil ich Konzentrationsschwächen aufwies, ungern zur Schule ging und in den Tag hinein träumte, wusste ich bereits aus diversen Filmen im Fernsehen, dass ich auf die schwarzen Flecken auf dem weißen Blatt Schmetterling und nicht Fledermaus antworten musste. Meine Zeichnungen als Kind waren alle normal, voilà, zu sehen waren ein Einfamilienhaus, Garten, Mama, Papa, mein kleiner Bruder Sinan und ich. Mit logischen Würfeltests hatte ich auch kein Problem, also wurde ich als leicht hyperaktiv eingestuft. Ritalin wäre für meine Eltern sowieso nicht in Frage gekommen, da sie strikt gegen das Interesse der Pharmaindustrie sind, die Konzentrationsfähigkeit von neunjährigen Grundschülern künstlich zu steigern. Also lebte ich wie alle anderen Kinder normal weiter. Ein Geheimnis für mich bewahrend.

Ich bin 17 Jahre alt, hab braun gelocktes Haar, grüne Augen, bin 1,70 groß und schlank. Was ich mag, sind Kreolen,

Turnschuhe, Jogginghosen, enge blaue Jeanshosen, normale Mädchenshirts, Lederjacken und Chucks. Ich glätte gern mein krauses Haar, gehe einmal im Jahr auf die Sonnenbank. Nicht zu oft, da ich finde, dass die Leute, die zu oft gehen, echt scheiße aussehen.

Hör gern Rap, hab ein Profil auf MySpace, studiVZ, Facebook, MSN und Skype. Kiff ab und zu. Manche würden mich als frühreif abstempeln. Joaaah, kann man so sagen, denn ich war schon als Kind mit vier oder so scharf darauf, mich selbst zu befriedigen. Laut Therapeutin ist das nicht sonderlich außergewöhnlich.

Ich hasse künstlich schöne Menschen. Ein sexuelles Abenteuer mit Marcel Reich-Ranicki törnt mich mehr an als der Gedanke an Brad Pitt. Wobei der Erzeuger meines Kindes irgendwann schon gut aussehen sollte.

Meine Eltern kommen zwar aus der Türkei, aber können mit Religion nichts anfangen. Keine Ahnung, ich weiß nur, als Kind fand ich religiöse Menschen echt cool, weil die türkischen Kinder an türkischen Festen Geschenke bekommen haben, ich ging leer aus, genauso wie an Weihnachten. Deshalb wollte ich als Kind religiös sein. Jetzt bin ich froh, nicht so groß geworden zu sein, da ich viel mehr Freiheiten hab als einige junge moslemische Frauen. Kein Ding, ich respektier das, jedem seinen Glauben. Ich hab nur keinen Bock mehr auf Bekehrungsversuche. Ja, vieles in meinem Leben ist *haram* (Sünde), nur wie solls *haram* sein, wenn ich nicht an Gott glaube? Manche gläubige Menschen fühlen sich allein durch diesen Satz schon angegriffen; dann muss ich immer dazusagen, dass ichs aber doch schön finde, wenn jemand glaubt, stimmt ja auch. Ich fänds viel schöner, wenn mir meine Eltern von einem Paradies nach dem Leben erzählt hätten. Stattdessen weiß ich einfach nur, dass ich tot bin, wenn ich tot bin, und kann nicht daran glauben, dass es danach noch irgendwas gibt.

Manche denken vielleicht, nur weil ich keinen Glauben hab, hätte ich keine Prinzipien und keine Moral.

1. Mai

Auf MySpace habe ich letztens einen Typen kennengelernt, Sven-Fiftytwo, er ist gerade online. Ich glaube, er hat mir zurückgeschrieben. Auf seiner Topfriends-Liste hat er nur geile Ollen. Oh Mann!! Jetzt klopft die schon wieder, ich schließe die Seite.

Leider lebe ich mit meinen Eltern und meinem pubertierenden Bruder zusammen in einer Drei-Zimmer-Wohnung, aber bald, wenn ich Kohle hab, zieh ich aus.

»Was willst du?«

»Kannst du bitte die Wäsche aufhängen, Ayla? Immer muss man dir das sagen!«

»Jaa, mein Gott, ich bin grad erst aus der Schule und will nur mal kurz meine Mails checken.«

»Bist du schon wieder auf diesen Chat-Seiten? Ich hab dir doch von dem Bericht erzählt, den ich gesehen hab, ekelhafte alte Männer nutzen junge Mädchen wie dich aus, indem sie euch etwas vorlügen.« Sie nimmt noch einen Haufen Wäsche mit und geht beleidigt aus meinem Zimmer. Meine Mutter kapiert nicht, dass genau das der Reiz ist. Was heißt schon pervers? Wenn meine Mutter wüsste, was ich mache. Ich hatte schon einige Angebote von Männern, aber ich wähle sie mir bestens aus. Selbst wenn einer mal nicht möchte, möchte er irgendwann irgendwie doch. Vielleicht ist es etwas Dominantes in mir, das sich einfach nimmt, was es braucht.

Sven-Fiftytwo. »Lass endlich treffen«, schreibt er. Gebongt. Wir chatten schon seit geraumer Zeit, er hat mir seinen Schwanz per Cam gezeigt. Ich hab keine Cam und zieh mich auch nicht gern im Internet aus, will mich ja schließlich nicht zum Gespött machen. Er hatte schon des Öfteren einen Orgasmus im Keller vor dem Bildschirm, hat mir stolz ein Foto von seiner Wichse geschickt.

*

17:00 Uhr. Ich steh da am Busbahnhof. Dortmund, extra ein paar Kilometer von zu Hause entfernt. Das Risiko, dass meine Eltern oder jemand, der mich kennt, es herausfinden könnten, ist in Köln zu groß. Er kommt, wow, gar nicht so wie auf seinen Bildern, ungefähr Anfang fünfzig, dick und irgendwie hässlich. Das ist geil.

»Sven, hallo«, stellt er sich vor.

»Hi, Ayla, hi.«

»Ja, Ayla, wollen wir zu mir gehen?«

Gut, dass er so direkt ist. »Ja.«

»Ich bin mit dem Auto da.«

»Cool.«

Als wir ins Auto steigen und er sich setzt, spannt seine Hose so sehr, dass ich erkenne, was für einen dicken Schwanz er hat. Er parkt aus und fährt los. Es scheint, als wolle er die peinliche Situation irgendwie überbrücken, und redet etwas von »Jaaa, hier im Wald isses im Sommer besonders schön«. Häh? Im Internet war er doch noch so selbstsicher. Ich sehe nur auf seinen Schritt, fasse ihn an, und er hört auf zu reden. Ich streichele seine Eier, öffne den Reißverschluss und fühle die Stoppeln auf seinen Eiern.

»Wollen wir uns nicht erst mal warm machen, magst du was zum Ziehen? Guck mal in meiner Hosentasche.«

»Okay.«

Ich grinse, nehme eine CD-Hülle, lege das Koks mit der Kreditkarte zurecht und halte es ihm hin. Er zieht es mit einem Fünf-Euro-Schein.

Es ist gut. Er wird selbstbewusster, und mein sexuelles Verlangen wird größer. Ich bin geil.

»Hast du Freunde zu Hause?«

»Bei mir zu Hause warten *mehrere* Freunde, wie besprochen.«

Wow, ich dachte, er hätte das nicht zur Kenntnis genommen. Ich habe ihm mal geschrieben, dass es mir gefallen würde, wenn er und mehrere Freunde, in seinem Alter und älter, mich ficken. Ich in der Mitte eines Kreises, Männer, die mich überall bespritzen, während ich nackt in der Mitte von vorne und hinten genommen und angepisst werde. Eine dicke alte Frau, die kommt und mir ihren Riesenbusen ins Gesicht drückt …

Einige Männer sind maskiert, wahrscheinlich aus Scham. Ich komme durch die Tür und bin bereits nackt. Hab mich überall rasiert. Am Eingang steht ein Mann, der mich am Hals packt und zu Boden drückt, ich soll kriechen und bekomme eine Halsleine. Ich bin gerne devot. So sind die Regeln. Vier Männer stellen sich um mich und spritzen mir nacheinander ins Gesicht. Dann krieche ich in einen Salon. Einer der Männer stopft seinen Schwanz in meinen Mund, während ein anderer meinen Kopf mit Sekt vollschüttet. Alles geht ziemlich schnell, und ich bekomme einen Orgasmus.

Ich stehe auf und beeile mich, von dort wegzukommen. Nach meinem Orgasmus fühle ich mich irgendwie dreckig. Mein Gewissen setzt ein. Also ziehe ich meine Klamotten an und schleiche mich raus. Ich will ja nicht, dass Sven mich fragt, wohin. Es ist schließlich 21 Uhr, ich muss zum Bahnhof und noch zwei Stunden nach Köln fahren. Meine Eltern kriegen immer einen ihrer Belehrungsanfälle, wenn ich mitten in der Woche erst nach 23 Uhr nach Hause komme.

Dortmund Hauptbahnhof, der Zug kommt in zehn Minuten. Ich rauche eine Kippe, dann sinds nur noch vier.

*

Zu Hause angekommen, endlich. Mein Zimmer, meine Welt. Ich verstehe nicht, warum ich das, was ich heute gemacht habe, tue. Ich machs nicht für Geld, es macht mir einfach Spaß! Doch sobald ich gekommen bin, fühle ich mich irgendwie schlecht. Moralisch gesehen, ist mein Verhalten natürlich nuttig, aber ist das der Grund für mein schlechtes Gefühl?

Seit meinem zwölften Lebensjahr bin ich in Therapie. Aber nicht wegen meiner ausgeprägten Sexualität. Ich habs mir schon mit jedem vorgestellt: mit Herrn Peters, dem Hausmeister, meinen Mitschülern, sogar mit meiner Therapeutin. Ich hab mich als Kind schon zu anderen Kindern hingezogen gefühlt und überredete die meisten zu meinen Doktorspielchen. Doch wir spielten nicht »Doktor«, sondern »Ehepaar«, Barbie und Ken. Meine Mutter hat mich oft abends im Bett mit Kuscheltieren erwischt, die ich an meine Vagina rieb. Sie fragte mich: »Kind, was ist denn los? Kannst du nicht schlafen?« Mann, war mir das peinlich! Vielleicht ist es eine Art Krankheit, die ich hab. Meine Ärztin hat untersucht, ob es an einem Überschuss an Hormonen liegt. Doch das war es nicht, und so kam sie zu dem Schluss, dass es an irgendeinem Schlüsselerlebnis in meiner Vergangenheit liegen muss. Sie fragte mich ständig, ob Familienmitglieder mich als Kind sexuell genötigt hätten, aber auch das war nicht der Fall. Ich hab keine Ahnung, warum ich sexuell so aktiv bin. Vielleicht bin ich einfach eine Nymphomanin.

2. Mai

Die meisten Türken aus meiner Gegend sind auf der Hauptschule. Ich hatte Glück, dass meine Eltern der Hauptschulempfehlung widersprachen und ich jetzt in der 11. Klasse auf dem Gymnasium bin. Ich weiß, dass jeder andere Türke, der nur aufgrund seiner Muttersprache in die Hauptschule musste, es ebenfalls aufs Gymnasium geschafft hätte, wenn seine Eltern nur nicht gedacht hätten: »Ah, Hauptschule *iyi* (gut), da gibts Türkischunterricht.« Manche türkische Eltern aus unserer Straße kannten nicht mal den Unterschied zwischen Gymnasium, Haupt- und Realschule.

Jeden Morgen auf dem Weg zur Schule ists dasselbe, ich muss gucken, dass ich nen Bogen um Nadine aus unserer Straße mache. Sie lässt ihren Stress ständig an mir aus. Nadine, das fette Mannsweib, sie ist halb Italienerin, halb Deutsche. Vor ihr fürchten sich die Kinder aus der Straße. Man darf ihr auf keinen Fall ins Gesicht schauen. Immer auf den Boden gucken und durch! Sonst schlägt sie drauf. Ihr erstes Argument, auf mich loszugehen, war: »Ayla, du denkst wohl, du bist voll hübsch, oder warum guckst du mich so an, kriegst gleich paar auf die Fresse!«

»Wie, ich hab doch gar nicht geguckt.«

»Ey, biste behindert, ich hab doch Augen im Kopf, ich seh doch, wie du mich anguckst, willste mich verarschen?« Ich erinner mich, dass eine dicke alte deutsche kölsche Asitante dazu bemerkte: »So was wie dich sollte man doch abschieben, Nadine«, sodass Nadine noch wütender auf mich wurde. Eine andere Olle rief aus dem dritten Stock des Plattenbaus, der einen länglichen Schatten auf den Spielplatz warf, nach ihren Söhnen Kevin und Sascha, die auf dem Spielplatz mit türkischen Kindern aus unserer Straße spielten. »Kevin, Sascha!!!!! Kommt zum Essen jetzt, ihr sollt nicht mit dem Pack spielen, dat han isch euch doch jesaht.«

Es ist ziemlich schwer, auf dem Gymnasium mitzuhalten, wenn deine Straße so hängen geblieben ist. Die Leute in meiner Stufe wohnen hier nicht. Es ist auch nicht wie im Bezirk Ehrenfeld, wo deutsche Akademiker, Studenten oder linke Punker neben Türken und Arabern leben. Hier wohnen nur die Deutschen, die dich aus ihrer Nachbarschaft am liebsten rauswählen würden. Die NPD bezieht hier prozentual gesehen die zweitmeisten Stimmen. Aber zurück zu Nadine.

Nadine mit der Narbe im Gesicht – ihr Vater ist im Knast und die Mutter ne Nutte –, sie hat mich schon oft bedroht, aber mittlerweile kann ich damit umgehen.

Ihr zweites Argument, auf mich loszugehen, war: »Scheiße, Ayla, du bist doch aufm Gymnasium, du glaubst wohl, du bist was Besseres!« Nun ja, immer auf den Boden gucken und weitergehen, sie ist ein Monster. Einmal hat sie mich erwischt, auf den Boden geschubst und auf mich eingetreten. Nach einer geprellten Brust, einer zerrissenen Lieblings-Jeanshose und einem Kopf voll Beulen entschloss ich mich, meine Klappe nicht mehr so weit aufzureißen. Schließlich hat sie vierzig Kilo mehr als ich auf den Rippen.

Im Kampf hab ich immer eine »Ich spüre nichts und wehre mich«-Haltung. Wenn ich auf dem Boden liege, schließe ich meine Augen und trete einfach wild um mich. Diese Taktik geht leider nicht auf. Ich meine, ich hab noch nie einen Kampf angefangen, aber ich muss mich ja wehren. Meine

Straße ist tückisch. Du darfst nicht ducken, sonst wirst du geopfert, aber muckst du auf, kriegst du immer wieder eine drauf. Oder du verstehst dich mit ihnen, was bedeutet, du gibst dich mit geisteskranken Vollidioten ab und verschwendest deine Zeit. Meine Lösung ist immer noch, auf den Boden gucken und ganz schnell laufen, wenn Nadine mal wieder Streit sucht. Die fette Kuh kann sowieso nicht so weit laufen. Heut hab ich sie Gott sei Dank nicht getroffen.

Ich hasse es, morgens im Bus zu sitzen. Er ist so überfüllt, laut und hell! Vor allem mieft er nach morgendlichem Mundgeruch und Schlaf. Die ganzen Spinner mit ihren Handy-MP3-Playern. Wenn wenigstens nur einer laufen würde, aber aus einer Ecke hört man Eko Fresh und aus der nächsten Leona Lewis' *Bleeding in Love*. Gut, ein bisschen morgenmuffelig bin ich auch. Dann hab ich noch die ersten beiden Stunden Mathe – Mann, der Wichser drückt mir am Ende des Jahres doch so oder so wieder eine Fünf rein, ich hab ja versucht zu schleimen, aber er hasst mich einfach.

Als ich so aus dem Bus steige, denke ich an Hendrik. Er ist in meiner Stufe, wir beide sind auf Kumpel. Ich steh irgendwie auf Hendrik, für ihn würde ich sogar – vielleicht – monogam werden. Er hat köterblonde Haare, grüne Augen, Grübchen, wenn er lacht, kommt mit jedem gut aus, ist wie MacGyver, ihn bringt nichts aus der Fassung. Er hat den Führerschein bereits mit 16 in den USA gemacht. In den Winterferien liebt er Snowboarden. Aber es wirkt leider nicht so, als sei er an mir interessiert. Vergucken kann ich mich in glatte Typen, aber meine sexuellen Fantasien haben nichts damit zu tun. Vielleicht liegt es an der heilen Welt, die Hendrik vermittelt. Er nimmt das Leben praktisch und leicht, das ist toll.

Die Raucherecke vor dem Schulgebäude, zehn vor acht. Wie jeden Tag steht er mit Martin da.

»Hey, alles klar?«

»Klar, und bei dir, Ayla Alter?«

Ich sags ja, er behandelt mich wie einen Kumpel. Aber dafür sitzen wir in den Unterrichtsstunden auch zusammen an einem Tisch. Er hat keinen blassen Schimmer von meinen Gedanken. Und er ist der Einzige, den ich mich nicht traue anzumachen.

Dann kommt Micha auf uns zu, das »It-Girl« unserer Schule. Alle nennen sie Micha, aber eigentlich heißt sie Michaela. Sie geht in dieselbe Stufe wie ich, ist platinblond, trägt Ed Hardy. Was so viel heißt wie: Ihr Vater hat Kohle und ist leicht prollig. Sie braucht nicht mit dem Bus zu fahren. Mal fährt sie mit nem dunkelgrünen Mercedes A-Klasse zur Schule, mal mit nem Hummer. Sie sieht gut aus, das kommt bei den Mitschülern gut an. Sie schwört auf MAC-Make-up und trägt jede Woche neue High Heels. Die Mädels in der Schule behaupten, ohne Make-up sehe sie nur halb so gut aus. Den Jungs hingegen ist das egal, sie finden Micha geil. Sie liebt Sushi, liest Horoskope, befolgt die Beautytipps der *Cosmopolitan* und ist gut in der Schule. Ich wünschte, ihr Vater hätte sie auf eine Privatschule geschickt, aber die sind hier ja leider nicht so angesehen. Micha ist die affektierteste Bitch, die ich kenne.

»Na, Ayla, heute mal geduscht?«

Boa, die dumme Fotze ist ja nur scharf auf Hendrik.

»Hey, Hendrik, sehen wir uns heute nach dem Sport?«

»Klar, um fünf am Tor?«

Was? Was hatte denn Hendrik mit der blöden Fotze zu tun?

»Wie? Um fünf am Tor!? Ich dachte, wir chillen und gucken nen Film?«

»Sorry, Ayla, aber das war Micha. Ich wäre ein Idiot, wenn ich die nicht treffen würde. Letzte Woche, da …«

»Ey, stopp, ich wills nicht hören. Du schnallst nicht, dass sie dich nur ficken will, weil sie mich verletzen will!«

»Ey, sachte, sachte, Ayla, es geht nicht immer nur um dich. Vielleicht steht sie ja auf mich, weil ich einfach ein Hengst bin, Alter! Das ist Micha.« Er lacht.

»Fuck you!« Ich drehe mich um und geh.

»Was ist denn mit der los?«

*

Nach der Schule gehe ich zu meiner Therapeutin, rege mich über Micha auf. Sie fragt mich aber nur über Hendrik aus, will Michas Asi-Verhalten wohl auf meine Eifersucht schieben. Ich gerate wieder einmal in meine Verteidigerposition und widerspreche ihr, was Hendrik betrifft. Ich sage ihr, es sei mir egal und es ginge mir nicht um Hendrik, Micha sei einfach ne Fotze. Am Ende der Sitzung schlägt meine Therapeutin mir vor, meine Träume und Gedanken aufzuschreiben. Das soll wohl zu Selbstreflexionszwecken dienen, aber für Kiffer ist es eine wahre Kunst, sich an ihre Träume zu erinnern.

In meinem Zimmer angekommen, höre ich etwas lauter *Toxicity* von System of a Down. Natürlich kommt meine Mutter irgendwann rein und meckert: »Weißt du, wie respektlos du bist, wir arbeiten den ganzen Tag, du nimmst nie Rücksicht auf andere, es geht nicht immer nur um dich!!!« Sie sieht aus wie ein Stier, der etwas Rotes sieht. Sie knallt die Tür zu und murmelt lautstark vor sich hin.

Die Moral des Tages sollte wohl sein: »Es geht nicht immer nur um dich, Ayla.« Ich fühl mich wie in einer schlechten *Super Nanny*-Folge. Meistens kommt an der Stelle Katia Saalfrank und führt ein Gespräch mit dem Problemkind. Nach einer kurzen Werbepause klebt sie bunte Regel-Sticker in bunten Sternformaten auf die »Familientafel«.

Es ist schon abends, und ich setze mich an meine Aufgabe zu schreiben. Wie fang ich an? Gut. Bin allein zu Hause. Meine Eltern sind bei Freunden *okey* (türkisches Rummy) spielen, und Sinan ist irgendwo. Stille.

*

Ich sitze hier schon seit zwei Stunden, versuch zu schreiben, ab und zu spiel ich Solitär, lauf zum Kühlschrank, mache den Wasserkocher an, esse irgendwas, was halt noch da ist, mach mir den dritten Pulverknastkaffee und starre dann weiter auf meinen Bildschirm in der Hoffnung auf einen Geistesblitz. Ich erinnere mich nicht an meine Träume und weiß nicht, wo ich anfangen soll. Ich sitze hier, Leere ist in meinem Kopf, es geschieht nichts, hör Radio – langweilt mich! Im Fernseher laufen grad fette Kinder, die abnehmen wollen – langweilt mich! Mein Arsch und mein Nacken tun mir weh – scheiße. Geh auf den Balkon, zieh noch mal am Joint, doch es scheint keine Erleuchtung in Sicht: Stille kann so grausam sein und Nebengeräusche, die durch die dünnen

Wände hallen, auch. Alles um mich herum bewegt sich, meine eigenen Gedankengänge verlieren sich im Nirgendwo. Mein Telefon ist neu und schön, aber keiner ruft an. Geh das Adressbuch durch – langweilt mich. Will keinen sprechen. Und ich denk: »Was wollen Sie denn von mir hören, Frau Therapeutin???« Was ist mein Problem? Wo sind sie, meine Träume? Und es passiert weiterhin nichts. Langeweile, Selbstbefriedigung, Leere. Langeweile. Selbstmitleid. Starre mein Bett an, meine Matratze schimmelt unten auf dem Boden, weil ich keinen Lattenrost hab. Irgendwann mal hab ich meinen Bettrahmen zerstört, ich weiß nicht mehr, aus welchem Grund, es war echt ziemlich hässlich. Jetzt schlafe ich auf einer Matratze aufm Boden.

Nun gut. Bin online – YouPorn, jaaa!!! Ein bisschen Orgasmus und danach pennen? Ich weiß, ich kann das nicht wortwörtlich, aber ich hole mir einen auf YouPorn-Clips runter, wie wenn mehrere Schwänze einer jungen Asiatin auf die Muschi wichsen, zwei Minuten reichen vollkommen aus. Gleich nach meinem Orgasmus habe ich zwar Mitgefühl für diese Frau, bezweifel, dass sie das freiwillig gemacht hat, aber denk mir dann wiederum – war trotzdem geil.

Ich guck öfter mal YouPorn, anhand der Klicks, die meine Lieblingsvideos haben, kann ich erkennen, dass mein Geschmack nicht unbedingt »kommerziell« ist. Geil find ich ein junges blondes Mädchen, das mit einem alten fetten Sack fickt und sich grinsend von ihm ins Gesicht spritzen lässt, mit 91.483 Aufrufen ist der Clip in Zeiten von YouPorn nicht unbedingt oft angeklickt worden.

Fast 2.000.000 Klicks hat ein junges Mädchen, das ziemlich auf Minderjährig getrimmt ist. Sie kniet auf einem grünseidenen Bett und trägt einen pinken Spitzentanga, sie besorgt es sich selbst, hat zwei Zöpfe wie Pippi Langstrumpf, ein goldenes Kettchen und bleiche, fast weiße Haut. Ihr puppenhaftes Gesicht verrät, dass sie aus dem Osten, aus der Ukraine oder so, kommt. Diese unschuldige Art, ihr kleiner Busen und ihr nettes Lächeln törnen mich irgendwie an. Aber ich bin nicht lesbisch. Könnte niemals mit einer Frau zusammenleben, da wäre mir viel zu viel Konkurrenz im Spiel, wenn sie beispielsweise einen geileren Körper hätte. Das Geile beim Sex mit Männern ist einfach, dass sie dich und deinen Körper so begehren, weil sie ihn eben nicht haben und ich somit viel geheimnisvoller bin. Wenn jemand aber den gleichen Körper hat und meine Gedanken nachvollziehen kann, geht das sexuelle Geheimnis in einer Beziehung doch flöten. Für Sex ohne Reden wäre es okay, aber ne Beziehung mit ner Frau wäre mir zu durchschaubar. Ich bin ganz froh, dass Männer nicht über jeden Scheiß quatschen und Bescheid wissen. Dafür kann ich Mädchen sein, über mich lachen und bin einzigartig.

3. Mai

Das Problem an unserer Schule ist, dass sich das Gymnasium und die Hauptschule nebeneinander in einem Gebäudekomplex befinden. Es gibt oft Stress auf dem Pausenhof. Wer auch immer sich das ausgedacht hat, war wohl ziemlich blauäugig.

Vor der Schule ärgern wieder einmal ein paar Hauptschüler die hilflose Lara aus meiner Klasse, sie nennen sie Grufti und machen sich über ihren gammligen Kleidungsstil lustig. Lara ist eher ein ruhiges Mädchen, kaut an ihren Fingernägeln, trägt ausschließlich Schwarz, findet *I Kissed a Girl* von Katy Perry »kommerz«, sie ist Emo, bi und Veganerin aus Überzeugung, Jennifer Rostock ist für sie das absolute Maß aller Dinge, sie hat kinnlanges, dunkelrot gefärbtes Haar mit schwarz-blauen Strähnchen und einem blonden Ansatz, sie geht containern: »Weil der Kapitalismus ungerecht ist, die Menschen in der Dritten Welt hungern und wir das Essen hier wegschmeißen.« Lara lebt allein mit ihrer Mutter, der russischen »blonden Bombe«, zusammen. Die Frau hat damals schon den Jungs aus unserer Klasse die Köpfe verdreht. MILF (Mother I Like To Fuck) haben sie sie genannt. Lara fand das natürlich nicht so lustig.

Im Geschichtsunterricht reden wir über Hitlers Krieg. Lara läuft aus dem Klassenzimmer, schreit uns alle verheult an. Sie könne das Gerede über KZs und Vergasung nicht mehr hören, sie habe jüdische Vorfahren. Die Klasse lacht, und selbst mein Lehrer findet die Reaktion übertrieben, er schüttelt seinen Kopf und fährt mit dem Unterricht fort. Das ist nicht das erste Mal, dass sie so emotional auf Diskussionen reagiert. Endlich läutet der Gong der Erlösung, wir haben Pause. Auf dem Pausenhof macht sich Sebastian aus meinem Geschichtskurs vor anderen Jungs aus unserer Stufe über Laras Abgang lustig: »Die ist so lächerlich, fängt die einfach an zu heulen, Alter! Oooh, meine Eltern sind Juden, und irgendwer aus meiner Vergangenheit wurde mal vergast, ooh, dafür haben wir für immer Mitleid verdient.«

Lara geht mit gesenktem Kopf an uns vorbei, bricht erneut in Tränen aus und läuft aufs Mädchenklo. Ich gehe ihr hinterher, bin echt neugierig, was in ihrer Vergangenheit passiert sein musste, dass sie so emotional darauf reagiert. Als ich auf dem Mädchenklo bin, hat Lara sich in einer Toilette eingeschlossen, man kann sie schluchzen hören.

»Warum geht dir das so nah?«, frag ich sie direkt.

Sie öffnet nicht die Tür, scheint aber dennoch mit mir reden zu wollen. »Ich hab doch gesagt, ich hab jüdische Vorfahren.«

»Kanntest du die denn? Ich mein, du kannst sie doch gar nicht gekannt haben?«

»Es geht ja genau darum, Ayla, meine Eltern leben getrennt, ich kenne meinen Vater nicht, seine Familie ist jüdisch und lebt irgendwo in Israel. Wenn ich daran denke, dass ich noch eine richtig große Familie hätte, wenn sie nicht alle ausgewandert wären. Meine Oma und mein Opa sind nach Israel gezogen, so viel weiß ich. Meine Mutter redet nicht viel über meinen Vater, ich weiß nicht, wo er ist und wer er ist, weißt du? Und sie ist auch nie da.«

Scheiße, Alter, warum bin ich eigentlich hier? Soll ich jetzt den Therapeuten spielen? Was hat sie sich da denn ausgesponnen?

»Hm, ja, das ist scheiße, Lara, aber weißt du, wir haben halt alle so unsere Probleme, vielleicht solltest du nicht alles so auf dich beziehen … Und wenn die Leute quatschen, einfach kontern. Die wissen doch, dass sie auf dir rumhacken können, deshalb tun sies auch.«

»Das sagst du so einfach. Wenn er einen Witz macht, lachen alle mit, und mich lachen alle aus!«

»Boah, Lara! Wenn du über dich selbst schon so denkst, sorry, dann ist es aber kein Wunder, dass alle anderen auch so über dich denken.« Zum ersten Mal bin ich froh, den zweiten Gong zum Pausenende gehört zu haben. »Hmm, ich muss reinhauen, bis morgen.«

Ich hab eigentlich noch eine Doppelstunde Kunst, aber das reicht mir für heute. Ich hab echt keinen Bock mehr auf Lara-Drama Part 2.

Also fahre ich zu Sammy. Sammy ist der Ticker der Schule, und man sieht ihn nie ohne seine schwarze Cappy. Er hat seine eigene Wohnung, ist Sprayer, Rapper und Beatbauer, zockt gern *World of Warcraft* am PC, *Grand Theft Auto* auf der Playsie 3 und steht auf Verschwörungstheorien wie die von *Zeitgeist,* die er sich stundenlang auf YouTube reinzieht. Er möchte irgendwann mal irgendwas mit Grafik machen, ist einmal sitzen geblieben und daher eine Stufe unter mir. »Hallo?«, fragt mich Sammys Stimme aus der Sprechanlage.

»Hey, Sammy, ich bins, mach mal auf!« Ich bin faul und nehme den dreckigen Zwei-Mann-Aufzug in den ersten Stock. Sammy öffnet die Tür, und ich trete ein.

Sein Zimmer ist wirklich Trauer. Eine Mikrowelle. Ein Kühlschrank. Eine Playsie. Ein Oldschool-Fernseher. Ein grauer Riesenbildschirm für den PC. Eine gelb-braune Toilette. Ein blauer Teppich. Eine blaue Matratze. Zur Rechten Jennifer Lopez, Angelina Jolie, Alyssa Milano, nackt für die *FHM* oder den *Playboy* posierend. Zur Linken Al Pacino in *Scarface* und Samuel Jackson mit John Travolta in *Pulp Fiction.* Ein Keyboard von E-MU Xboard. Ein Mic. Ein Achtkant-Oma-Tisch mit braunen Kacheln und einem dunkelbraunen Holzrahmen.

Er setzt sich auf die blaue Matratze, checkt seine Waage und holt eine große Tupperdose raus. »Wie viel brauchst du?«

»Kannst du mir nen Zehner leihen?«

»Kommi gibts nicht bei mir, Ayla, hab ich dir doch gesagt. Weißt du, wenn ich könnte, dann würd ich ja ...«

Immer das Gleiche. Sammy ist ein Geier. Da steht fast ein halbes Kilo Gras vor mir, und er will mir noch nicht mal nen Zehner leihen?! »Ich komme morgen nach der Schule, versprochen!«

»Wenn ich nicht da bin, schmeiß die Kohle in den Briefkasten, Ayla! Und das war das letzte Mal. Hier!« Er gibt mir einen Fünfer – und ich soll dafür einen Zehner bezahlen? Dieser Spast. »Ja, versprochen.«

Ich gehe. Gut, zwei Joints, und jetzt?

Ich setze mich in den Hundepark in der Nähe meiner Schule. Hundebesitzer lassen ihre Hunde dort kacken, und die Jungs aus meiner Straße benutzen den Rasen im Sommer als Fußballplatz. Daher sieht er eher braun, plattgetreten und kacke als grün, frisch und schön aus.

Kein Kaugummi- oder Zigarettenautomat überlebt in unserer Straße, und die Holzbänke im Park wurden auch immer wieder verbrannt oder zugesprüht. Daher haben sie diese hässlichen Metallbänke hierhergestellt. Seit Neuestem zerkratzen die Kids auch die Autos, äffen die Franzosen nach, die Dummköpfe haben den Wagen von meinem Vater zerkratzt. Können die das nicht bei reichen Leuten machen, statt bei uns im Ghetto? Spasten, na ja. Setze meinen Arsch auf den oberen Teil der Metallbank, meine Füße auf den Sitz und baue einen. Rauche gemütlich meinen Joint, bis mein 15-jähriger Nachbar Ilan auf mich zukommt.

»Hey, Ayla, alles klar? – Darf ich mal ziehen?«

»Wow, wow, du kleiner Gammler, bist noch viel zu klein, um zu rauchen. Kauf dir was Eigenes.«

»Komm schon, Ayla, ein Zug.«

»Hast du schon mal die Muschi einer Frau geleckt?«

»Ja.« Als ob ...

»Auch wenn ich dir das nicht glaube, du hast die Chance, mir das zu beweisen.«

»Wie, äh? Jetzt, äh? Hier?«

»Nein, du Spinner, dort drüben im Busch.«

Ich ziehe ihn an seinem Arm und sage: »Danach darfste mal ziehen.« Er ist noch soo jung, wahrscheinlich wirds grausig, aber mal schauen. Ich lege mich zwischen die Äste auf den Boden.

»Was soll ich denn jetzt machen?«

»Na, ganz einfach, mach meine Hose auf und taste dich mit deinen Lippen von meinem Bauchnabel in Richtung Fotze. Weitere Fragen?«

»Nee, okay.«

Nach zwei superlangen Minuten hab ich die Schnauze voll. Es ist eher ein Sabbern als ein Lecken. Was zum Teufel macht der da? Ich beuge mich vor und schubse ihn weg. Wenn er jetzt wenigstens männlich reagieren würde.

»Hey, was hab ich denn falsch gemacht?«

»Einfach alles! Willst du, dass ich dich ankotze, während du mich leckst, oder was? Du darfst natürlich nicht an meinem Joint ziehen!«

»Iihh, bist du krank!«

»Halt die Klappe, Ilan, geh mir einfach aus dem Weg.«

Ich gehe vom Rasen wieder auf den Sandweg und setze mich auf die Bank. Kaum ziehe ich am Joint, da kommt Ilan zurück. »Erzähl das keinem, ja?«

»Warum? Willst du nicht, dass ich dich blamier?«

»Das ist nicht fair.«

»Ich erzähls keinem. Aber nur, wenn du zu Hendrik gehst und sagst, dass Micha überall herumerzählt, was für einen winzigen Schwanz er doch hat …«

Wow, ich kann echt böse sein, wenn ich will. Aber auch nur, weil es angebracht ist. Micha nutzt jede Gelegenheit, um mich zu opfern. Hendrik muss erkennen, was für eine Fotze sie ist.

4. Mai

Es war ein Fehler, gestern Lara auf dem Klo zu fragen, was los war, denn heute in der Pause klebt sie wie eine Klette an mir.

»Hey, Ayla, ich wollt dir nur für das Gespräch gestern danken.«

»Eh, ja, kein Problem.«

»Weißt du, ich finde es toll, dass du so ehrlich bist und sagst, was du denkst.«

Soso, warum kann ich ihr nur jetzt nicht sagen, was ich denke? »Ehm, ja, cool, danke«, antworte ich.

»Ich hab dir ein Pausenbrot mitgebracht, Vollkornbrötchen mit Tofu, gebratenem Gemüse und einer Avocado-Creme.« Das hört sich lecker an, ich habe Hunger, aber wenn ich es annehme, muss ich die Pause mit ihr verbringen. Eigentlich will ich zu Hendrik.

»Ja nee, ähm, danke, ich hab eben schon voll viel gefrühstückt, und ich steh nicht so auf Tofu!«

»Probier doch mal, ich hab mir so ne Mühe gegeben, die meisten Leute denken, Tofu sei nicht lecker, aber mit der richtigen Würze schmeckt alles gut, und Olivenöl darf natürlich auch nicht fehlen, das ist viel gesünder als Butter.«

Oh mein Gott, was hab ich mir da eingebrockt, was Tofu und Olivenöl? Das interessiert mich überhaupt nicht! Ich will zu Hendrik. »Na gut, dann gib mal her das Brötchen!«

Ich beiße rein. »Hmm, schmeckt gut.«

»Siehst du, ich wusste doch, dass es dir schmeckt, ich bring dir morgen gern noch eins mit. Ich mache auch Pesto selbst, kreiere immer neue Variationen, mal mit Knofi, mal mit Paprika. Ich wollte schon immer meinen eigenen Vegan-Food-Laden eröffnen.«

»Krass, cool, Lara, ich muss jetzt echt los, noch Hausaufgaben machen und so, kennste ja, ciao.« Ich lasse sie da einfach stehen.

Ich dachte, das wäre ein eindeutiges Zeichen gewesen, aber jetzt läuft sie mir hinterher. »Hey, Ayla, warte mal, wollen wir nach der Schule zusammen einen rauchen?«

»Sorry, Lara, ist heute echt schlecht, ein andermal vielleicht. Weißt du, ich hab grad echt viel um die Ohren, muss auf meinen Bruder aufpassen und so.« Ehrlich gesagt, tut sie mir leid, aber was soll ich tun? Mit jemandem aus Mitleid abhängen?

Nach der Schule fahre ich auf meinem Mountainbike durch den Park zu Sammy, um die Kiffschulden zu begleichen. Ich liebe Fahrradfahren, wenn die Sonne scheint.

»Hier hast du deine zehn Euro, Alter, auch wenn du mir voll wenig dafür gegeben hast.«

»Was soll das denn jetzt schon wieder heißen? Ich geb dir was auf Kommi, und dann meckerst du noch rum? Hör dir mal den Beat an, den ich gemacht hab.«

Der Beat enthält zwar ne Snare, Hi-Hats, Drums, Synthesizer und einen Bass, aber, ehrlich gesagt, hört sich das geklaut und schlecht umgesetzt an. »Ja, Mann, ganz okay«, antworte ich.

»Wie *okay*? Ich hab eine Woche an dem Beat gebastelt, guck mal, dim dim dim dim dim dim dim dim, Pause, dim dim dim dim dim dim dim dim, hört sich doch voll an wie Dres Beat auf *Still D.R.E.*, Alter.«

»Ich finde es, ehrlich gesagt, nicht so cool, wenn dein Beat sich anhört wie Dr. Dres Beat.«

»Ich bin ja noch am Anfang, irgendwo muss man ja anfangen.«

Eigentlich will ich bald reinhauen, aber dann klingelt es, und Hendrik und sein Kumpel Lasse kommen vorbei, um bei Sammy *ot* (Gras) zu holen.

»Hey, Hendrik, Alter, lang nicht mehr gesehen, bist wohl busy?«

»Ja, Mann, Alter, ich hab die heißeste Braut der Schule am Start.«

»Micha?«, fragt Sammy, als wäre es selbstverständlich, dass er Micha meint.

Die beiden setzen sich neben uns auf die blaue Matratze und zocken Playsie. »Ey, Micha hat so geile Möpse, Alter, ich hab noch nie so eine Frau mit so nem Astralkörper gesehen!«

»Meinste, du kannst da mithalten, Alter?«

»Ich trainier doch dreimal die Woche und hab auch genug in der Hose, Alter, was ist das denn für ne Frage?«

»Ich mein ja nur, die Alte hat bestimmt hohe Ansprüche, nicht, dass du nicht genug hättest oder so.«

»Ayla, wie lang muss ein Schwanz sein? Jetzt mal ehrlich«, fragt mich Hendrik.

»Hm, ja, ich würd mal sagen, unter 18 Zentimeter im steifen Zustand wäre etwas zu wenig.«

»Und kommt es auf die Größe oder Dicke an?«

»Hallo? Was stellt ihr mir für Fragen? Hat euch diese Micha so eingeschüchtert, dass ihr kein Selbstvertrauen mehr habt, oder was? Aber dicke.« Anscheinend hatte Ilan mein Gerücht nicht weiterverbreitet. Oder doch?

»Nein, wir finden es nur interessant, wie Mädchen darüber denken«, antwortet Hendrik, fährt mit seiner Faust unsanft über meine Schädeldecke und zerzaust mein Haar. »Obwohl du ja nicht zu den Mädchen zählst«, sagt er und lacht mich an.

»Was?«, rufe ich und werfe ein Kissen nach ihm, dann raufen wir uns aus Spaß. Ich habe das Gefühl, ihm ganz nah zu sein. Dann ziehen wir uns noch ein paar Chuck-Norris-Witze und Dave-Chappelle-Shows auf YouTube rein.

Der Tag mit Hendrik war schön, ich genieße seine Anwesenheit. Ich glaube nicht, dass das mit Micha und Hendrik so lang hält. Ich hoffe es zumindest.

5. Mai

In der Schule war nichts Besonderes los, bis Hendrik in der Pause zu mir kommt: »Hast du schon gehört, dass jemand bei Sammy eingeritten ist?«

»Echt? Scheiße!«

»Ja, Mann, Sammy hat ein Kilo von Ali dagehabt, was jetzt weg ist. Der Sack hat jetzt auf jeden Fall ein Riesenproblem an der Backe, mit Ali ist echt nicht zu scherzen.«

Er hat recht. Ali und seine Ochsen, die Anabol-Sonnenbank-Shisha-Café-Großticker-Ghetto-Kanaken; sie spritzen sich Anabolika, laufen breitbeinig durch die Straßen. Trinken Tee im Teehaus, wo sie gleichzeitig *okey* spielen und ihre Geschäfte erledigen. Ich und Ali kennen uns seit unserer Kindheit, unsere Eltern sind miteinander befreundet. Ali (20) dreht krumme Dinger, arbeitet für Muhaktbar, den Paten aus Köln-Kalk, aber seine Eltern wissen von alldem nichts. Ich hab nicht viel mit ihm zu tun. Er lässt mich in Ruhe. Das Schlimmste für Ali wäre, wenn seine Mutter wüsste, womit er sich sein Geld verdient, nämlich mit Drogen, Schutz und Raub.

»Der fette Großticker Ali? Der aus meiner Straße? Der immer im Teehaus mit Murat und Erol chillt?«, frag ich Hendrik. Ali ist dick, groß, trägt meistens ein weißes Unterhemd, darüber ein geknöpftes Longsleeve, eine Goldkette, geht zu oft auf die Sonnenbank; irgendwann kriegt der noch Hautkrebs, er sieht zumindest fast schon aus wie ein Krebs, nicht ganz so rot. Na ja, jedenfalls hat er noch so eine auffällige Gigolo-Don-Juan-Bart-Rasur im Gesicht.

»Ja, der fette Großticker. Warum, kennst du den?«

»Nein, Mann, nicht wirklich, aber meine Eltern sind mit seinen Eltern befreundet, vielleicht kann ich Ali ins Gewissen reden.«

»Ja, wenn er eins hat.« Er lacht. Dann steht Micha plötzlich vor uns. »Na, über was redet ihr beiden denn?«

»Was geht dich das an?«, antworte ich schroff.

Hendrik wirft mir einen bösen Blick zu und wiederholt für Micha, was er mir bereits erzählt hat.

»Weiß man, wer es war?«, frage ich.

»Nein, sie haben einfach die Tür aufgebrochen und nur das Gras mitgehen lassen. Es muss jemand gewesen sein, der wusste, dass das Gras bei Sammy ist, vielleicht war es ja sogar Ali selbst.«

»Oh mein Gott«, ruft Micha affektiert. »Das hört sich ja totaaal an wie aus einem Gangstafilm. Die Türken sollten mal kapieren, dass wir hier nicht in Amerika leben. Jetzt tun sie plötzlich alle so, als würden sie Gangsta sein und im Ghetto leben müssen. Und dafür kriegen die auch noch Sozialhilfe.« Sie lacht. Ihre Art ist so unglaublich arrogant, dass ich mich von diesem dummen Etwas tatsächlich angegriffen fühle. Dabei ist ihr Spiel so leicht zu durchschauen.

»Was hat das mit Türken zu tun, Micha!? Du bist so unglaublich dämlich!«

»Ist doch so, die Türken führen sich doch hier total asozial auf. Das würden sie in ihrem Land bestimmt nicht tun, und dann passiert halt so was wie mit Sammy.« Sie sieht Hendrik mit ihrem Hundeblick an. Dieser Blick und ihr mit Lipgloss beschmierter künstlicher Schmollmund, ich könnte kotzen!!! Hendrik schaut drei Sekunden weg, in denen sie mir ins Gesicht grinst, als wolle sie mir damit zeigen, dass sie ihn in der Hand hat.

»Sammy wurde aber nicht von einem Türken bestohlen«, entgegne ich ihr, »sondern hat sich dummerweise ein Kilo Gras, das einem Türken gehört hat, von irgendwem klauen lassen! Wir wissen gar nicht, ob es Ali war. Außerdem glaube ich nicht, dass es Ali war. Was hast du blöde Kuh schon für ne Ahnung? Erzählst hier irgendwas von Türken, du Fotze!«

»Ey, Ayla, so kannst du mit meiner Freundin nicht reden! Sie meint das nicht so. Es ist eine Tatsache, dass die meisten kriminellen Jugendlichen hier Türken sind.«

»Jetzt fang du nicht auch noch mit der Kacke an, Alter!! Worum geht es hier eigentlich? Um ›das Türkenproblem‹ oder um Sammy!?«

»Heeendrik«, jault sie, »ich meine doch nur, dass die Türken, die asozial sind, gehen können, wenn es ihnen in Deutschland nicht passt, dann hätte auch Sammy kein Problem mehr!«

Am liebsten würde ich sie umbringen. Aber das ist genau ihr Plan, also bleibe ich ruhig. »Ich kapier dich einfach nicht, Hendrik. Siehst du nicht, dass sie eine bösartige Fotze ist? Das ist unglaublich! Und so was wie die geht aufs Gymnasium? Sie kann ja gleich das Statement machen: Wir sollten alle Türken abschieben. Hältst du dann immer noch zu ihr?«

»Willst du damit sagen, dass Micha ein Nazi ist? Nur weil sie nicht so viele Türken kennt, die korrekt sind?! Übertreib nicht, Alter, das geht zu weit!«

»Das geht zu weit? Du bist ja so scheiße, Hendrik!« Ich drehe mich um und mache mich auf den Weg zu Sammy.

Es ist wirklich nicht zu fassen. Diese blöde Fotze hat es doch tatsächlich geschafft, Hendrik gegen mich aufzuhetzen. Vor allem ist das so irreal, ich mein, sie hat irgendwas gesucht, um mich anzugreifen, und Hendrik verteidigt sie, obwohl sie so einen Scheiß erzählt hat.

Die Tür unten im Mehrfamilienhaus steht offen. Ich laufe die Treppen hoch in den ersten Stock und klopfe an Sammys Wohnungstür.

»Sammy? Ich bins, Ayla, mach auf!«

Sammy öffnet die Tür einen Spalt. »Ey, Ayla, ich kann grad nicht, komm später wieder!« Mir ist klar, dass Ali bereits da ist. Also setze ich mich auf die Treppe im Hausflur und warte. Dann gehe ich raus, lehne mich gegen die Haube eines blauen BMW, rauche und warte weiter. Nach einer Viertelstunde kommen Ali und seine Ochsen raus.

»Was machst du denn hier?«, fragt mich Ali.

»Ich will zu Sammy.«

»Dieser Vollidiot hat Glück, dass er noch lebt! Was hast du mit so einem Opfer zu tun?«

»Er ist auf meiner Schule und ist eigentlich ganz cool. Warum, was ist los?«

»Halt dich fern von dem Otto!«

Ali glaubt, er könne mir irgendwelche Ratschläge geben. Dabei ist er derjenige, von dem man sich fernhalten sollte.

»Komm schon, ich weiß, dass Sammy abgezogen wurde, was habt ihr vor?«

»Der hat bis Montag Zeit!« Er nimmt einen letzten intensiven Zug an seiner Marlboro und flippt sie gegen den BMW auf den Bordstein.

»Aber wie soll ...«

Er unterbricht mich sofort: »Diskutier nicht mit mir, Ayla!«

Sein Kumpel Murat schaltet sich ein: »Ja, Mann, komm lieber mit uns. Was willst du mit dem Spast?«

»Nein, danke.« Ich setze mein falsches Grinsen auf.

»Ich schwöre, *kız bana resmen hasta ya, geçen sene onu siktim!*« (Das Mädchen ist voll verrückt nach mir, letztes Jahr hab ich sie geknallt.)

»Klar, du Spinner, ich bin voll vernarrt in dich! Und du hast mich gefickt.«

Er lacht, hebt sein rechtes Knie, schwingt seinen Oberkörper kurz nach hinten und klatscht einmal in die Hände: »Was denn, Alter – die versteht mich?«

»Ja, Mann, sie ist Türkin. Voll blamiert, Alter«, entgegnet ihm Ali.

»Na und? Was, Türkin? Komm mit uns, Ayla, ich hab auch Arbeit für dich, dann kannste dir mal paar neue Klamotten kaufen. Du siehst aus wie ein Hippie, wie ein verdeutschtes Mädchen!« Er lacht.

»Wie wärs, Murat, he, lass doch einfach deine Mutter für dich arbeiten!«

»Was hat diese *orospu* (Hure) gerade über meine Mutter gesagt?«

»Komm, *oğlum* (Junge), lass das Mädchen! Unsere Familie kennt ihren Vater!« Ali beruhigt Murat, indem er dreißig Sekunden lang seine rechte Schulter massiert, so wie ein Boxtrainer bei seinem Zögling. Dann gehen sie weiter, Ali hebt seinen Zeigefinger und sagt: »Und, Ayla, sei nicht so respektlos!«

»Hast noch Glück gehabt, Nutte«, schreit Murat mir nach. Ich schreie zurück: »Was? Du bist ja wohl die Nutte!

Ich verkaufe mich im Gegensatz zu dir bestimmt nicht für Geld.« Das Schlusswort galt Ali.

»Ayla, es reicht! Provozier ihn nicht noch, *dayak mı istiyorsun?*!« (Willste Prügel von dem kriegen, oder was?!) Ohne weitere Widerworte drehe ich mich um, gehe die Treppe hoch und klingele bei Sammy.

Als ich oben bin, ist Sammy total aufgelöst.

»Scheiße, Ayla, ich bin am Arsch!«

»Nein, Mann, wir finden schon ne Lösung.«

»Was soll ich jetzt tun? Ich mein, ich hab drei Tage Zeit, um ein halbes Kilo ungestrecktes Gras zu kaufen. Alle Großticker wurden in letzter Zeit hochgenommen, das ist so gut wie unmöglich!«

»Sei mal nicht so pessimistisch, kannst du dir das Geld denn nicht irgendwo leihen?«

»Nein, Mann, außerdem, wenn ichs hier kauf, hab ich doppelt Miese gemacht! Das Gras würde ich in Köln momentan nur für 3000 kriegen, Ali hat vor drei Wochen bestimmt nur 2000 für das halbe Kilo bezahlt. Scheiße!!«

»Scheiße, und wie willst du so schnell an 2000 Euro kommen?«

Er zuckt mit den Schultern, seufzt: »Mhh, jaa, ich verkaufe all mein Hab und Gut!«

Häh, was hat der denn für Hab und Gut?, denk ich mir und starre durch sein kahles Zimmer, von der Matratze zur Kochnische bis zu Jennifer Lopez und Angelina Jolie. Also, wenn ich mich hier so umschaue, zweifel ich daran, dass hier was im Wert von 2000 Euro steht.

»Mein *World of Warcraft*-Account, ich bin Krieger und hab schon über viel Waffen und Gegenstände. Wenn ich meinen Account bei eBay verkaufe, krieg ich bestimmt eins fünf dafür! Auch wenns harte Arbeit war, dafür hab ich fünf Jahre gebraucht.« Pause. »Schon bisschen krass.« Pause. »Und die 500 krieg ich noch zusammen!«

Sammy wirkt sehr nachdenklich, echt traurig über den Verkauf seines Accounts.

»Okay, also musst du nach Holland? Hast du ne Konneke?«, versuche ich ihn anzuspornen, und er telefoniert seine Kontakte durch, leider erfolglos, bis Lara an der Tür klingelt.

»Hi, Lara, vielleicht bist du unsere Rettung!«

»Eh, wie? Warum jetzt?«

»Wir brauchen ne Connection in Holland, ich brauch ganz schnell billig Gras!«

Sammy erklärt ihr die Situation. Und wir haben Glück, ihr ehemaliger Ticker gibt uns die Nummer seines Großtickers namens Harry in Holland. Juhuu, Euphorie, Rettung naht ...

»Schön, dass wir ne Konneke haben, aber wie kommen wir dahin? Die Bahn ist voll teuer, und ein halbes Kilo kriegen wir nicht einfach so über die Grenze, da sind überall Zollbeamte und Hunde. Wir brauchen jemanden, der ein Auto und einen Führerschein hat«, holt Sammy uns auf den Boden der Tatsachen zurück.

»Hendrik hat einen Führerschein, und er ist doch jetzt mit Micha zusammen. Vielleicht haben die beiden ja Lust, übers Wochenende nach Holland zu fahren?« Na, tolle Idee.

Lara hat echt ein Händchen dafür, mich in unangenehme Situationen zu bringen.

»Bist du verrückt, Lara? Micha ist total spießig, die würde niemals so ein großes Risiko auf sich nehmen, außerdem nervt sie!«

»Na, Micha muss ja nicht wissen, dass wir ein halbes Kilo über die Grenze schmuggeln«, kontert Sammy. »Wir sagen ihr einfach, dass wir einen Ausflug nach Holland planen, Hendrik muss nur einen auf Romantiker machen. Die Polizei hält bestimmt kein junges blondes Mädchen in einem Mercedes A-Klasse an.«

»Ja, aber die weiß doch, dass bei dir eingeritten worden ist, und außerdem sind wir fünf Jugendliche in einem Auto und könnten angehalten werden.«

»Erstens heißt das noch lange nicht, dass Micha schnallt, was wir vorhaben. Und zweitens werden Frauen seltener angehalten! Außerdem ist das meine einzige Chance, Ayla, ich dachte, du willst mir helfen? Oder hast du ne bessere Idee?«

Unfreiwillig stimme ich zu. »Na gut, dann fährt also Micha das Auto. Ich weiß aber nicht, ob sie mich mitnimmt, so wie die momentan drauf ist.«

»Hallo, natürlich kommst du mit, Ayla, scheiß auf Micha, wir ziehen da unser eigenes Ding durch, ich regel das mit Hendrik, wenn sie uns überhaupt fährt …«

»Jaaa, okay.«

»Woher wissen wir, ob das Gras sauber ist?«, fragt Lara. »Ich hab gehört, die strecken es mit Glas, Sand und so weiter. Was ist, wenn das Gras für Ali nicht gut genug ist? Ich meine, sooo gut kenne ich Harry den Großticker auch nicht.«

»Mach dir keine Sorgen, Lara, Glas und Sand erkennt man am Knirschen, wenn man auf die Knospe beißt. Wenns knirscht, könnte es Quarzsand oder Glas sein. Ich lass mich nicht so einfach verarschen. Haarspray erkennt man daran, dass kleine Funken auftreten, wenn man den Joint anzündet. Der kann uns gar nix. Ich mach es für gewöhnlich nur mit etwas Wasser feucht, damit es schwerer wird.« Er lacht.

»Soso, du machst es feucht, damit es schwerer wird«, warf ich Sammy direkt ironisch vor.

»Ey, dafür kriegt ihr auch echt keinen Straßenkurs, sonst würde ichs ja nicht erwähnen.«

»Ist ja schon okay, war nur ein Scherz.«

Lara und ich hängen noch eine Weile bei Sammy ab und planen unseren Rettungstrip nach Holland. Gegen Abend gehe ich nach Hause.

Meine Eltern sitzen zusammen auf der Eckcouch im Wohnzimmer. Bei türkischen Familien ist es üblich, dass der Ehemann vor der Hochzeit die komplette Wohnungseinrichtung kauft. Meistens müssen sich die jungen Männer für die Einbauküche und die kitschige türkische Einrichtung hoch verschulden. Es ist in der Türkei Standard, alles auf Raten zu kaufen, selbst Schuhe, Klamotten und CDs. Da meine Eltern aber nichts davon halten, gehen wir hier in der Nähe in eine Einrichtung, wo man als Hartz-IV-Empfänger sehr günstig Möbel kriegen kann.

Ich wollte meine Mutter immer für Ikea-Möbel begeistern. Aber was für die Leute aus meiner Schule billig ist, empfindet meine Mutter leider nicht als preiswert. Ich glaube, dass sie nur aus Scham gesagt hat, dass ihr die Sachen nicht so gut gefallen und sie lieber qualitativ bessere Möbel aus dem Hartz-IV-Laden kauft.

Meine Eltern schlafen im Wohnzimmer auf der ausziehbaren Eckschlafcouch. Sinan und ich haben uns irgendwann, als ich sieben war, so sehr gestritten, dass wir jeweils unsere eigenen Zimmer in unserer Drei-Zimmer-Wohnung bekommen haben. Unsere Wohnung ist mehr oder weniger zusammengewürfelt aus Sachen, die man braucht. Meine Eltern achten nicht so auf die Einrichtung. Es ist alles eher spartanisch, dennoch gemütlich, meine Mutter steht voll auf Kerzen und son Kram. Früher wars mir unangenehm, Freunde von der Schule, die richtig schön lebten, mit nach Hause zu bringen, heute find ich es lächerlich, dass es mir so unangenehm war.

Mir sind manchmal echt komische Dinge bei deutschen wohlhabenden Freundinnen passiert. Als ich beispielsweise in der vierten Klasse war und nach der Schule mit zu meiner besten Freundin Mareike nach Hause ging, musste ich oben in Mareikes Zimmer warten, bis die Familie mit dem Mittagessen fertig war. Nicht, dass das grundsätzlich bei Deutschen so wäre, auf keinen Fall, dafür hab ich zu viele deutsche Freunde, die ich nicht zu Unrecht mit anderen Leuten in einen Topf werfen möchte. Nur, so etwas würde dir niemals in einer türkischen, arabischen oder kurdischen Familie passieren. Da wird alles geteilt, wenn Besuch da ist, auch wenn man kaum was hat ...

Na ja, zurück zu meinen Eltern im Wohnzimmer, schließlich muss ich sie ja noch um etwas bitten. Die beiden schauen sich gerade auf unserem neuen 40-Zoll-LCD-Fernseher eine Reportage über Barack Obama an. Komischerweise wollte sich mein Vater den Luxusbildschirm leisten. Zwischen meinen Eltern gab es deswegen nen riesigen Krach. Mein Vater hat den für 200 Euro nem Freund abgekauft, auf dem Markt ist er 700 wert. Ich glaube, er ist vom Laster gefallen. Ich find es im Gegensatz zu meiner Mutter hammer, dass wir wenigstens nen coolen neuen Fernseher haben. Sonst gönnen die sich nie was ...

»Mensch, Kerim«, sagt meine Mutter, »ist das nicht ein toller Fortschritt, dass Barack Obama der Präsident der Vereinigten Staaten wird?«

»Ja, ist okay, mal schauen, ob er auch hält, was er verspricht«, entgegnet er ihr wenig begeistert.

»Darf ich morgen mit Hendrik und Micha nach Holland fahren? Die beiden wollen sich das Anne-Frank-Haus in Amsterdam anschauen, wir nehmen ja grad das Dritte Reich in Geschichte durch, ich fänd das ziemlich interessant. Am Sonntag kommen wir dann zurück.«

»*Çok güzel, git!* (Sehr schön, geh!), wenn es dir in der Schule hilft, also mein Okay hast du. Was sagst du dazu, Kerim?«

»*Tamam git ama dikkatli olun ve herhangi bir yaramazlık yapmayın!* (Okay, wenn du fahren willst, fahr! Aber baut keinen Unsinn!) Und fahrt vorsichtig auf den Straßen.«

»Cool.« Ich bin total aufgeregt, vielleicht wird Hendrik ja in Holland merken, dass Micha scheiße ist.

6. Mai

Die Sonne scheint über den Dächern und Straßen von Köln. Wir treffen uns um halb zehn am Morgen, »Knopperszeit«, vor Sammys Tür.

Micha trägt ein schickes weißes Kleid mit schwarzen Punkten im Sechzigerjahre-Look. Durch ihre viel zu große Sonnenbrille sieht sie aus wie eine Hummel und ein bisschen wie eine Paris-Hilton-Kopie. Mist, sie sieht aber trotzdem aus. Ich trage lediglich eine schwarze Jogginghose und ein weißes Top. Schließlich müssen wir doch fünf Stunden im Auto sitzen.

Hendrik sitzt vorne, neben Micha, auf dem Beifahrersitz. Sie weist uns alle auf das Rauchverbot im Auto hin, der Wagen springt an, und es geht los, die A3 in Richtung Niederlande – juhuu. Eine Stunde lang müssen wir uns die Pussycatdolls reinziehen, bis Sammy sie endlich bittet: »Ey, Micha, mach mal die CD hier rein.«

»Kein Bock auf Arbeit, alles scheißegal, nur Bock auf Party P-arty-jeden Tag!!«, schallt es aus den Boxen.

»Hallo, was ist das denn für ein Müll? Das ist doch keine Musik! Ich hoffe, das geht jetzt nicht die ganze Zeit so weiter!«

Als dann *Technohurensohn* von K.I.Z. läuft, holt sie die CD wieder raus.

»Hallo, warum lässt du die CD nicht weiterlaufen? Wir mussten uns auch eine Stunde lang die Plastikpuppen reinziehen!«, rufe ich.

»Ich hör mir doch so eine primitive Scheiße nicht an!«

»Hallo? K.I.Z. ist eine der besten Rap-Crews Deutschlands, nur weil du zu spießig bist, dürfen wir das also nicht weiterhören?!«

»Uh, ich vergaß, dass es cool ist, zehnmal hintereinander ›Hurensohn‹ zu sagen und von anderen Leuten die Mütter zu beleidigen.«

»Gut, dann hören wir Rammstein«, schlage ich vor.

»Auf keinen Fall!«, widerspricht Micha mir schon wieder.

»Also, ich muss leider sagen, dass ich auch nicht so auf frauenverachtende Texte und willkürliche Beleidigung stehe«, sagt die schüchterne Emo Lara höflich. »Ich hab das Jennifer-Rostock-Album dabei, vielleicht können wir das ja hören?«

»Nein!«, schrein Micha und ich gleichzeitig. Wow, ich glaub, das war das erste Mal, dass wir beide einer Meinung waren.

»Sorry, Lara, aber da krieg ich echt Aggressionen, bei dem schrillen Gebrülle«, entschuldige ich mich bei ihr.

»Mein Gott, wenn ihr euch nicht einigen könnt, hören wir halt Radio!« Hendrik schaut die CDs durch. »Oder hier, was ist mit Britneys neuem Album?«

»Na, seit Britney abgestürzt ist, macht sie eigentlich ganz okaye Mucke! *Circus* war okay, oder?«, frage ich Sammy.

»Mein Gott, macht doch einfach irgendwas an. Mir solls echt egal sein.«

»Ich enthalte mich ebenfalls.« Lara zuckt mit den Schultern.

»Dann hören wir Britney«, entscheidet Hendrik.

*

Micha erzählt mal wieder, was niemand interessiert: »Wisst ihr, als Kind war ich immer in Zandvoort, meine Eltern mieten dort jedes Jahr über die Osterferien eine Villa am Strand. Wir könnten, nachdem wir in Amsterdam waren, nach Zandvoort fahren. Ich kenne mich dort sehr gut aus, wisst ihr? Da gibt es ein paar schicke Restaurants in der Nähe vom Strand, die servieren frischen Fisch und die beste Käseplatte der Niederlande.«

»Wenn wir um 15:00 Uhr in Amsterdam ankommen, park ich in der City, und wir gehen erst einmal ins Madame Tussauds. Ich kenn dort auch ein schickes Restaurant, gleich um die Ecke.«

»Ja, schaun wir mal, wenn wir da sind«, meint Hendrik. Micha weiß natürlich nicht, dass wir was anderes zu tun haben. Außerdem kann ich mir höchstens mein Amsterdamer Lieblingsessen, ne Pommes rot-weiß mit Zwiebeln und eine Literpackung Vanille-Flan als Dessert, leisten, aber mehr auch nicht.

»Können wir mal eine Raucherpause einlegen?« Sammy dreht einen Joint für die Pause.

*

Lara, Sammy und ich gehen in den Wald neben dem Parkplatz und kiffen. Lara bekommt einen Lachanfall. »Micha ist ja echt schräg drauf, sie geht die ganze Zeit nur von sich aus, will uns angeblich beraten, sie scheint einfach zu übersehen, dass nicht jeder so viel Kohle hat.«

»Ja, Mann, seh ich genauso«, gebe ich ihr recht.

»Scheiß drauf, ist doch egal. Ich mein, wir nutzen diese Mitfahrgelegenheit für uns, ist doch cool, dass Micha uns mitnimmt. Warum machen Mädchen immer so einen Stress?

Wir ziehen da unser eigenes Ding durch, soll sich doch Hendrik mit ihr beschäftigen, tut er bestimmt gern.«

Ich hab irgendwie verdrängt, dass Hendrik ja nicht mit uns kommen kann, wegen Micha. Das macht mich ein bisschen traurig.

»Was ist los, Ayla?«, fragt Sammy mich. Scheiße, mein Gesicht verrät immer alles. »Ach, nichts, ich bin einfach nur breit.« Und wir kehren zum Auto zurück.

*

Nach sechseinhalb langen Stunden kommen wir endlich an. Hendrik fragt Micha gleich, ob sie zu zweit einen romantischen Tag verbringen wollen. Micha, die davon ausgegangen war, dass sie den Tag zwangsweise mit uns verbringen müsste, willigt glücklich ein, gibt ihm einen Knutscher, und die beiden trennen sich von uns. Hammer.

Lara ruft gleich Harry an. Und wir laufen durch die wunderschönen kleinen Gassen der Altstadt von Amsterdam. Wir haben echt Glück, auch hier scheint die Sonne, aber meine Füße schwitzen fürchterlich in meinen Turnschuhen, sodass meine Tennissocken schon ganz durchnässt sind. Das ist echt ekelhaft. Aber ich hasse Flipflops, und ich wollte ja nicht in einer Jogginghose, Tennissocken und Badelatschen herumlaufen, also brennen meine von der Fahrt und der Hitze geschwollenen Füße weiter. Alle zwei Minuten werden wir von irgendwelchen Maroks und Afrikanern angesprochen, ob wir Drogen bräuchten. Ich seh zwischen Niederländern und Deutschen nicht so den großen Unterschied. Den Tickern hingegen fällt anscheinend auf, dass wir Touris sind.

Da stehen wir vor der Haustür von Harry dem Großticker, einem märchenhaften Altbau, mit Stuck verziert und großen Fenstern. Wir klingeln. Im Untergeschoss sind die Fenster ungefähr auf der gleichen Höhe wie die Haustür, voll schön, aber sie sind mit einer schwarzen Folie und alten Zeitungen beklebt, welch eine Schande. Harry öffnet die Tür. Wir folgen ihm ohne eine großartige Begrüßung.

Gleich am Eingang führt eine steile Holztreppe in ein Riesenzimmer im ersten Stock. Harry sieht nicht aus wie ein Harry, sondern eher wie ein Hamudi, er ist wohl Marokkaner. Ist bestimmt nur sein Spitzname. Bevor wir das Zimmer betreten, müssen wir unsere Schuhe ausziehen, was natürlich echt scheiße ist. Gott sei Dank ist das Zimmer so verqualmt, dass der Rauch den Gestank meiner Socken wohl überdeckt.

In dem Zimmer sind drei Männer um Ende dreißig, ebenfalls Marokkaner. Sie sitzen in ihren Lederjacken auf einer schwarz-grau gemusterten Achtzigerjahre-Fake-Samtcouch vor einem riesigen Flachbildschirm, einer Xbox und vier Controllern, die auf einem Glastisch stehen. Einer zieht grad nen Kopf durch die Bong, die mit Eiswürfeln gefüllt ist, es blubbert, er atmet den Rauch tief ein, schwenkt seinen Oberkörper wieder hoch, atmet den Dampf aus und begrüßt uns unfreundlich. Ich habe das Gefühl, schon leicht high vom Qualm zu sein. Aber ich glaube, es liegt eher daran, dass ich schon gekifft habe. Auf dem Tisch vor ihnen stehen zwei Bongs, ein paar leere Flaschen Heineken, mehrere überfüllte Alu-Aschenbecher und eine *çaydanlık,* ich meine diese türkischen Riesenteekannen aus Edelstahl für schwarzen Tee. Der Raum sieht nicht so aus, als würden sie darin leben. Sie haben das obere Geschoss wohl nur angemietet, um dort ihre Drogen zu verticken.

»*Sit down, Habibi*«, bittet uns einer der drei. Jetzt hab ich keinen Plan mehr, wer von den vieren Harry ist, und Lara anscheinend auch nicht.

»*So, how much do you like?*«

»500 Gramm«, antwortet Sammy.

»*Eh, okay, normally starts with one kilo, you know. But okay, you are okay, my friend, I make you good price.*« Der Marok holt einen blauen Müllsack, der Sack ist voller quadratischer Päckchen. Er nimmt eines heraus, sticht mit seinem Butterfly hinein und nimmt eine Knospe, die ungefähr so groß ist wie mein Daumen. Dann sagt er zu Sammy: »*Roll a joint, Habibi, a blonde, okay? Without tobacco!*«

Also dreht Sammy einen Blunt.

Das Gras ist super, wir sind uns alle einig und alle echt high. Harry wiegt das Gras vor unseren Augen ab. Ekelhaft, wie der eine Marokkaner mich anstarrt, als würd er mich gleich auffressen.

Sammy bezahlt, und wir wollen grade die Treppen runter, da fragt mich der eine Marok: »*Where do you come from? You look good! You're from Iran?*«

»*No, Turkey*«, antworte ich.

»Ah ...« Dann sagt er irgendwas auf Arabisch zu seinen Kumpels, das ich nicht mehr verstehe. Er hält mich kurz am Arm und sagt: »*Girl, you can visit us today, free drinks, weed, koka, whatever you want, if you want, no problem, really, here is my number!*«

»*Hey, stay cool, she's my friend, okay? Don't be so res*pektlos!«, geht Sammy sofort auf ihn los.

»*Got a* pchrobläm?«, fragt der Typ kampfbereit.

Ich drücke Sammy vorwärts. »Komm, Sammy, ist doch okay, der ist behindert, lass uns gehen!«

Und wir gehen die Treppen hinunter, zur Tür raus. Cool, wie Sammy mich beschützt hat. Wir fahren in die Innenstadt, wollen noch in ein paar Coffeeshops und uns die Rote Meile anschauen.

Wir haben nen totalen Fressflash, aber Laras Veganer-Einstellung macht uns die Essensuche echt nicht einfach. Nichts ist ihr vegan genug, das ist echt anstrengend. Zum Schluss isst sie doch nur einen verpackten, verzehrfertigen Biosalat aus dem Supermarkt. Sammy und ich holen uns Vanille- und Schokoflan und kippen den niederländischen Pudding aus der Milchtüte literweise runter.

Setzen uns auf eine Bank am Hafen und kiffen gemütlich. Die Niederländer haben die Kifftouristen wohl nicht so gern, wir werden von ihnen angestarrt, als ob wir Aliens wären.

Wir planen unsere Schmuggelaktion. Wir wollen das Gras unterm Sitz verstecken, einer von uns nimmt ein klein bisschen Eigenbedarf als Ablenkung mit. Damit sie denken, wir seien Schüler, die einfach nen Kiff-Trip gemacht haben und schlau genug sind, nur ne Kleinigkeit über die Grenze mitzunehmen. Ja, für manche mag das eine komische Taktik sein, doch ist sie bei diversen Leuten aufgegangen. Natürlich funktioniert das nicht, wenn du ein 20- bis 30-jähriger Araber oder Türke bist. Aber wenn Hendrik das machen würde, könnte es klappen. Sammy schreibt Hendrik eine SMS, und der willigt ein.

Ein älterer Herr kommt auf uns zu, fordert uns auf, sofort den Joint auszumachen, für diesen Dreck gäbs ja schließlich die Coffeeshops. Er droht uns mit der Polizei, und wir machen den Joint aus. Als der Mann weg ist, zünden wir ihn gleich wieder an. Ziemlich schnell darauf kommt ein älteres Ehepaar auf uns zu und bittet uns ebenfalls, zu verschwinden und den Joint auszumachen.

»Scheiße, da kann man ja besser in Köln kiffen! Da strahlt schon mal die Sonne, und wir haben direkt das Meer vor uns, aber wir müssen in einem dunklen, verrauchten Zimmer sitzen, nur um dort zu kiffen, das ist voll bescheuert«, sage ich.

»Ja, scheinbar darf man hier in der Öffentlichkeit nicht rauchen«, antwortet Sammy. Also machen wir uns auf den Weg zu einem Coffeeshop.

Dann ruft aber Hendrik an, Micha wolle nach Zandvoort. Wir brechen unseren Coffeeshop-Besuch ab. Schließlich müssen wir ja tun, was sie sagt. Wir treffen uns vor Madame Tussauds. Micha hat lauter Einkaufstüten in der Hand, Shoppen kann sie gut. Ich für meinen Teil hasse Shoppen, die Umkleidekabinen, die Schlange an der Kasse, außerdem kaufe ich grundsätzlich das Falsche. Man kann die Klamotten ja umtauschen, aber dafür bin ich auch zu faul! Ich kann die Modeerscheinungen wie Retro Looks nicht ausstehen. Kaum sind Röhrenjeans in, laufen sie alle rum wie Pete Doherty, der britische Crack-Junge, der ihnen diesen Schwuchtel-Look vorgemacht hat. Alle wollen sie individuell sein und sehen doch alle gleich aus. Wir decken uns im Supermarkt mit drei Sixern Heineken, Kohle, einem Alu-Grill, Zündhölzern, Fleisch, Tofu und Gemüse für einen gemütlichen Grillabend ein.

In Zandvoort angekommen, parken wir das Auto vor den Dünen und machen uns ab an den Strand. Hier ist es echt schön, nichts bis auf einen blauen Himmel, ein paar Familienhäuser, Dünen und Strand. Hendrik und Micha seilen sich gleich wieder ab. Sie gehen in das Restaurant, von dem Micha geschwärmt hat. Ich verstehe nicht, warum Hendrik das noch mitmacht, denn nun hat er ja keinen Grund mehr: Er sollte Micha doch nur für die kurze Zeit ablenken.

Lara, Sammy und ich grillen uns Fleisch, Tofu und Gemüse und killen die ersten beiden Sixer. Leider werde ich im Suff immer ganz offen und fange an, über Dinge zu reden, die ich eigentlich nicht erwähnen würde, wenn ich nüchtern wär.

»Mann, wo ist denn Hendrik mit Micha abgeblieben?«

»Warum stört dich das so?«, fragt mich Sammy offen.

»Na, siehst du nicht, dass sie was von ihm will«, überrascht mich die sonst eher zurückhaltende Lara.

»Wie kannst du das behaupten, das stimmt nicht.« Aber das nimmt sie mir nicht ab.

»Klar, und warum grinst du immer so, wenn du Hendrik siehst?«

»Stimmt ja gar nicht«, verteidige ich mich erneut.

»Komm schon, Ayla, ich mein das ernst. Du tust die ganze Zeit so cool, aber es muss doch furchtbar sein, heimlich verliebt zu sein. Ich kenn das nur zu gut, aber weißt du, Hendrik ist echt oberflächlich, vergiss den, du hast was viel Besseres verdient.«

Was nimmt sich Lara da raus? Jetzt denkt Sammy auch noch, ich sei in Hendrik verliebt. Aber irgendwie war ich auch froh, dass sie das erkannt und mir aus der Seele gesprochen hat. Diesmal halte ich meine Klappe, und sie macht weiter: »Der will doch lieber eine Barbie wie Micha, ich finde, das alleine zeigt schon, was für einen Charakter Hendrik hat.« Dann schweigen wir für eine Weile und schauen in den Sonnenuntergang. Es wird windig, Lara hat tatsächlich an eine Fleecedecke gedacht, die sie aus ihrem schwarzen Armeerucksack packt.

»Weißt du, Ayla, mich kotzen die Leute in der Schule so an, meine Mutter ist ständig auf Geschäftsreisen und schleppt irgendwelche Typen ab. Jedes Mal, wenn die Kuh ein schlechtes Gewissen hat, bringt sie mir ein Geschenk mit.«

Sie fängt an zu heulen: »Weißt du, was ich mit den kack Dior- und s.Oliver-Teilen mache? Ich zerschneide sie, färbe sie schwarz, und weißt du, was ich damit symbolisier? Meine tiefe Trauer! Aber was denkt meine Mutter? Sie interessiert nur, dass das Material teuer war. Sie glaubt einfach, dass sie mich kaufen kann.«

Bisher hab ich die Narben auf ihrem Arm immer ignoriert. »Hast du deshalb die Narben?«

Lara blickt aufs Meer, sie scheint sich an traurige Ereignisse zu erinnern und antwortet nach einer Weile: »Unter anderem.«

Sammy versucht, sie aufzumuntern. »Guck mal, Lara, ich hab meine Mutter durch Krebs verloren, aber ich kann daran nichts mehr ändern. Ich muss jetzt einfach gucken, dass ich vorankomme. Stattdessen kiff ich zwar die ganze Zeit, aber was ich damit sagen will, ist, dass man irgendwann alleine weiterziehen muss, loslassen muss, wir sind keine Kinder mehr. Weißt du, wenn deine Mutter so scheiße ist, ist das vielleicht traurig, aber willst du dein Leben zerstören, weil sie ihrs kaputt macht?« Wow, Sammy wirkt wirklich sehr reif auf mich.

Diesmal schweigt Lara, doch ihre Tränen laufen weiter. Der Alkohol und das Gespräch haben sie melancholisch gestimmt. Ich berühre ihre Wange und wische ihre Tränen weg, grinse ihr ins Gesicht und gebe ihr einen Kuss auf den Mund. Sie küsst mich zurück. Ich kann den salzigen Geschmack ihrer Tränen schmecken, sie küsst mich so intensiv, bis wir fast aufeinanderliegen. Sammy ist stumm und schaut uns wie besessen an.

Dafür, dass Lara so gammlig aussieht, riecht sie ziemlich gut – wie nach einer Dove-Bodylotion. Ich ziehe ihr T-Shirt über ihren Kopf und fahre mit meinen Händen über ihre kleinen Brüste, genau dazwischen hat sie drei kleine Muttermale. Durch ihre weiße blasse Haut kann man ihre blauen Äderchen sehen, sie fühlt sich sehr geschmeidig an, ihre Haut. Dann öffnet sie meinen Reißverschluss, und ich ziehe meine Hose bis unter den Po. Sie fingert mich.

Eigentlich steh ich nicht so auf Fingern, außer wenn ichs mir selbst besorge. Vielleicht liegts daran, dass ich betrunken bin, oder daran, dass ich mich das erste Mal von ner Frau fingern lasse, aber irgendwie gefällt es mir. Sie hat echt ein Händchen dafür. Sie berührt mich so, wie kein Mann es vorher getan hat. Dann gleitet sie mit ihrer Zunge in Richtung meiner Fotze. Sammy spielt unter seiner Baggy an seinem Schwanz rum, meine Blicke gleiten ab und zu zu ihm. Mir gefällt dieser besessene Blick. Lara leckt gut, und ich komme, und Sammys Hand wird schneller, und er kommt mit. Dann kuscheln wir uns gemeinsam in die Decke und schlafen ein.

*

Ich hatte einen schlechten Traum. Überall waren Kameramänner wie bei einem Videodreh, ich stand hinter der Kamera. Der Inhalt: schlechter Sex mit nem Typen & seinem Minischwanz, er nannte ihn den arabischen Presslufthammer. Mehrere Männer standen um den Anabol-Freund. Erst wollte der Anabolmann nicht, bis ihn der Typ überredete: »Komm schon, wenn wir einen Trichter in deinen Arsch stecken und da reinwichsen, hat das was Zurückhaltendes, was Symbolisches, das ist übergeil. Du wolltest doch alles für mich tun, alles Gute kommt von … du weißt schon.«

»Na gut. Aber nur, wenn ihr mich zum Kommen bringt.« Er spreizte einfach nur die Beine und beugte sich nach vorne. Einer nach dem anderen spritzte auf seinen asiatischen Knackarsch, zwischen seine Beine. Dann legte er sich auf den Bauch und steckte sich einen Trichter in seinen Arsch, und alle wichsten rein; als sie alle mit dem Wichsen fertig waren, stand er auf und kackte die Wichse wieder aus.

*

Ich ekele mich, und die Kälte weckt mich. Dieser scheiß YouTube/Porn-Kack, ich bin zu oft im Internet! Dann fällt mir alles von gestern mit Lara wieder ein. Scheiße, bitte, Gott, lass das nur ein Traum gewesen sein, hoffe ich und weiß doch, dass es passiert ist. FUCK! FUCK! FUCK! Ich habe mir geschworen, niemals was mit Freunden oder Bekannten zu haben; vor allem mit Lara? Scheiße, hoffentlich kann sie sich an nichts mehr erinnern!!! Sie gähnt und lächelt mich an. »Mhh. Guten Morgen, Ayla, wie viel Uhr ist es denn?«

Sie kann sich an alles erinnern, das hört man ihrem Tonfall an. »Keine Ahnung, lass uns mal zum Auto und losfahren.« Wir wecken Sammy und machen uns gemeinsam auf den Weg zum Auto.

Micha und Hendrik haben es sich auf der Rückbank gemütlich gemacht. Wir klopfen an die Scheibe, Hendrik wacht auf und öffnet uns die Tür.

»Wie viel Uhr haben wir?«, frage ich.

»Erst halb acht, Alter, wollen wir nicht noch was schlafen?«

»Du hast leicht reden, wir erfrieren da draußen. Ich kann nicht mehr schlafen.«

»Na, dann setzt euch doch vorne hin.«

»Zu dritt?«

»Ja, ich weiß nicht, ob Micha Bock hat, unausgeschlafen zu fahren. Micha?«

Micha wacht auf. Sie sieht tatsächlich auch ohne Schminke gut aus, ihr blondes Haar ist ganz zerzaust und ihr Eyeliner verwischt, so seh ich sie das erste Mal. Ich finde, so sieht sie besser aus, aber das würde ich nie zugeben, wieso auch? Die Fotze weiß ja, dass sie es tut, das macht sie ja so unsympathisch.

»Jetzt habt ihr uns ja schon geweckt. Ich finds zwar nicht so gut, unausgeschlafen zu fahren, aber ich kann jetzt eh nicht mehr schlafen, dann lasst uns erst mal Frühstück holen.«

»Ja, wir müssen aber zum Supermarkt, wir haben keine Kohle für ein Restaurant oder so.«

»Gut, dann schauen wir mal, was schon aufhat.«

Sammy und ich setzen uns jeweils ans Fenster, Lara sitzt in der Mitte. Dann fahren wir los. »Wollen wir vielleicht im Mäckes frühstücken?«, schlägt Sammy vor.

»Ihr seid ja so ekelhaft, das mach ich nicht!«, sagt Micha, und Lara schließt sich an: »Ich auch nicht.«

»Oh Mann, Lara, wird das wieder so eine Suchaktion wie gestern?«, fragt Sammy.

»Lasst uns die Fahrt so schnell wie möglich hinter uns bringen, ich fahr, wie gesagt, nicht so gerne unausgeschlafen eine so lange Strecke.«

Also halten wir lediglich an einer Tanke und decken uns mit Latte macchiato, BiFi, Flan, Croissants, Käse und Wasser ein, für Lara gibts Salzstangen.

Wir fahren weiter, und ich falle in einen Halbschlaf. Lara ist ebenfalls eingeschlafen, sie hat sich an mich gelehnt. Irgendwie stört mich das.

Ich rüttele meine Schulter und ziehe sie mehr in Richtung Fenster. Davon wacht Lara auf.

»Stört dich das?«

»Ja schon, meine Schulter schläft ein.« Ich fühle mich eingeengt. Aber dann schlafe ich auch wieder ein. Als sich Micha und Hendrik streiten, wache ich erneut auf.

»Okay, Micha, ich hab ein bisschen dabei.«

»Scheiße, wie kannst du nur, Hendrik?«, schreit Micha. »Weißt du, was mein Vater von mir denken wird? Ich hätte was mit Drogen zu tun, und zwar, weil ich mit dir Spinner zusammen bin!«

»Beruhig dich, Baby, vielleicht werden wir ja auch nicht angehalten.«

»Na, dann hoff das mal!«

Wieso hat Hendrik ihr gesagt, dass er die zwei Gramm bei sich hat? Ich öffne die Augen, wir fahren gerade über die Grenze.

»Siehst du, nichts passiert«, beruhigt Hendrik sie, und eine Sekunde später winkt uns eine Polizistin raus. Micha bremst, sie ist außer sich: »Du Arschloch!!! Du nimmst alles auf dich, ich hab nichts damit zu tun! Ich hasse dich!« Wir halten an, Micha drückt auf den Automatik-Knopf, und ihr Fenster fährt runter, ihre roten Wangen werden uns noch verraten. Die Polizistin steht vor der Fahrertür. »Guten Tag, die Dame, Führerschein und Fahrzeugpapiere bitte.«

»Natürlich, sofort.« Micha greift in ihre Louis-Vuitton-Handtasche und weist sich aus. Die blonde Polizistin gibt die Daten ihrem Kollegen, und der funkt die Zentrale an. Derweil fragt sie uns nach den Persos. »Was haben Sie denn in den Niederlanden gemacht?«

»Wir wollten das Anne-Frank-Haus in Amsterdam sehen!«, rufe ich von hinten.

»Soso, das Anne-Frank-Haus. Die Coffeeshops interessieren junge Leute wie Sie sicherlich nicht, oder haben Sie doch was zu beichten? Dann wäre jetzt der passende Augenblick, denn eine Falschaussage und Drogenbesitz sind um einiges schwerwiegender.«

»Neeeiiin, eh, natürlich nicht.« Micha schaut Hendrik fragend an, und ihre unsichere Stimme verrät den Bullen alles. Die Polizistin gibt uns die Persos wieder und sagt: »Na, wenn ihr nichts dabeihabt, habt ihr ja nichts zu befürchten. Dennoch müssen wir euch leider durchsuchen. Also, habt ihr wirklich nichts dabei?«

Scheiße, mein Herz pocht, hoffentlich finden sie das Kilo nicht. Bevor Hendrik gestehen kann, gesteht aber Micha, dass Hendrik was dabeihat: »Hendrik, sag es doch! Mein Freund hat was dabei.« Sie fängt an zu heulen. »Dabei hatte ich ihm das verboten, er hat mir das gerade erst gestanden. Ich schwöre Ihnen, davon wusste ich nichts, stimmts, Hendrik?«

»Stimmt.« Er gibt sein Portemonnaie mit den zwei Gramm ab. Dann müssen wir alle aussteigen und werden durchsucht. Doch die Bullen werden nicht fündig. Wir haben weder OCBs noch Tips noch irgendwas anderes, das uns als Kiffer enttarnen könnte.

»Ich war dumm, können Sie nicht ein Auge zudrücken? Meine Freundin hat echt nichts damit zu tun«, bittet Hendrik die Polizistin.

»Natürlich werden wir Sie anzeigen, Herr Böhme! Was haben Sie denn anderes erwartet?«

»Wir haben sonst nichts mit Drogen zu tun, ehrlich, ich wollt mir nur ein bisschen Gras zum Probieren mitnehmen, ich mein, wenn man schon mal da ist. Aber, wie gesagt, meine Freundin hat nichts damit zu tun, ich hab einen Fehler gemacht. Wenn mein Vater das rauskriegt, bin ich dran, bitte.«

Die Polizistin strapaziert ihre Augenfalten und blickt ihm unheimlich ernst ins Gesicht. »Werden Sie ja nicht frech!« Dann nimmt sie Hendriks Daten für die Strafanzeige auf.

Jeder von uns bis auf Micha weiß, dass alles nach Plan verlaufen ist. Zwar sollte Hendrik gestehen, dass er zwei Gramm dabeihat, aber dass Micha das für ihn gemacht hat, ist auch super. Das zeigt wieder einmal, was für eine Fotze sie ist. Die Anzeige wird so oder so fallen gelassen.

Dann kommt die Bullin wieder und gibt Micha noch einen Rat: »Demnächst vergewissern Sie sich, dass kein Gras in Ihrem Auto ist, damit Sie kein ungewollter Drogenkurier sind, Ihr Freund hat ja echt Nerven! Was hat denn so eine vernünftige junge Frau mit so einem Kerl zu tun?«

»Was mischen Sie sich in meine Beziehung ein?«

»Heendrik, sei still«, fordert Micha Hendrik auf.

»Junger Mann, ich kann Sie gern auf der Wache komplett durchsuchen lassen, wenn Sie verstehen, was ich meine!« Sie meint damit, dass sie oder ein anderer Bulle ihre Finger mit Latexhandschuhen in seinen Arsch stecken könnten, um zu schauen, ob dort etwas versteckt ist; schließlich haben sie ja genug Verdachtsgründe. Doch den Bullen ist das wahrscheinlich für so mini-kleinkriminelle deutsche Schüler wie uns zu aufwendig.

Hendrik gibt nach. »Schon in Ordnung, ich seh ja ein, dass ich einen Fehler gemacht habe.«

»Das ist auch besser so«, rät ihm die Polizistin, dann lassen sie uns fahren.

Mir fällt ein Stein vom Herzen, wir alle atmen auf, nur Micha kann es immer noch nicht fassen, dass Hendrik sie so hintergangen hat. Ich hätte nicht gedacht, dass wir so leicht davonkommen und der Plan aufgehen würde.

Die restliche Rückfahrt ist ruhig, alle sind stumm und k. o. vom Vortag. Micha setzt uns vor der Schule ab. Sammy, Lara und ich rauchen noch einen Joint gemeinsam. Lara geht mir auf die Nerven, sie hat mir nichts Böses getan, aber sie braucht mich nur anzuschauen, und ich bin abgefuckt. Es ist dieser traurige, abhängige Blick. Ich möchte nicht für andere Menschen verantwortlich sein. Laras Art, sich an mich zu krallen, gibt mir das Gefühl, hilflos eingeengt zu sein. Ich kann ihr einfach nicht ins Gesicht sagen, was ich denke, weil ich bei ihr das Gefühl habe, dass sie so oder so von allen nur geopfert wird. Auch wenn sich das gemein anhört.

»Cool, Süße, dann sehen wir uns am Montag? Oder was machst du morgen?«, fragt sie mich. Warum nennt sie mich jetzt »Süße«?

»Keine Ahnung, Lara, hab viel zu tun, sehen uns ja dann so oder so in der Schule, ciao!« Und ich gehe nach Hause.

*

Zu Hause gibt es Stress.

»Herr Müller, Michas Vater, hat eben angerufen, Ayla«, begrüßt mich meine Mutter.

»Hallo. Was hat der denn gesagt?«, frage ich unschuldig.

»Er hat mir gesagt, dass ihr Micha gezwungen habt, Gras über die Grenze zu schmuggeln. Wie könnt ihr nur so was tun? Hab ich dich denn so verzogen?«

»Das stimmt nicht! Wir haben sie gar nicht gezwungen. Hendrik hatte etwas Gras dabei, aber davon wussten wir nichts.«

»Und das soll ich dir jetzt glauben? Ayla, lüg mich nicht an! Ich habe deine Ausreden satt!«

»Wirklich, ich hab nichts damit zu tun!«

»Ich dachte, ihr wolltet euch das Anne-Frank-Haus anschauen. Stattdessen schmuggelt ihr Gras über die Grenze und geht kiffen. Ihr habt die Zukunft von Micha und allen andern Beteiligten aufs Spiel gesetzt. Lüg mich nicht mehr an, Ayla!«

»Du übertreibst voll. Ich hab keinen Bock mehr auf dein Gerede, du hörst mir ja doch nicht zu! Ich hab dir doch gesagt, ich hab nichts damit zu tun! Außerdem waren es nur zwei Gramm, uhhh.«

»Du hast diese Woche Hausarrest! Hörst du? Nach der Schule kommst du direkt nach Hause. Wenn du mir jetzt noch einmal widersprichst, kommt noch eine Woche drauf, Ayla! Was soll ich nur mit dir machen?«, fragt sie noch rein rhetorisch, und ich gehe auf mein Zimmer.

Diese blöde Kuh, ich meine, es hätte ja sein können, dass ich nichts damit zu tun habe. Außerdem hat »offiziell« nur Hendrik was rübergeschmuggelt, sie hat gar keinen Beweis dafür, dass ich daran beteiligt war. Macht die wegen zwei Gramm so ein Theater. Micha hat ihrem Vater den Scheiß doch nur erzählt, damit er nichts gegen Hendrik hat.

Meine Eltern misstrauen mir, weil ich in der 10. Klasse auf Klassenfahrt in Hamburg nen echt abgefuckten Vorfall hatte. Da waren Hendrik und ich noch richtig dicke.

Die Situation war folgende: Ich hab mich mit Hendrik und den Jungs im Schullandheim betrunken, und wir kamen lustigerweise auf die Idee, uns rauszuschleichen und mit dem Taxi nach Hamburg auf die Reeperbahn zu fahren, trotz der nächtlichen Kontrollbesuche unserer Lehrer.

Wir waren also auf der Reeperbahn in einem Club namens Mandarine oder so. Irgendwann, als es bereits hell war, standen wir am Mäckes in der Schlange. Ich erinner mich nicht mehr daran, wie und warum Hendrik und ich alleine da gelandet waren. Als wir alles bestellt hatten und bezahlen sollten, merkten wir, so besoffen wie wir waren, dass wir aus dem Club gegangen waren, ohne unsere Sachen mitzunehmen. Also gingen wir zurück zu dem Club, der aber dummerweise bereits zuhatte. Es war Januar, und ich hatte bloß ein T-Shirt an. Wir hatten weder Kohle noch ein Handy und konnten uns auch nicht mehr erinnern, wie das Dorf hieß, wo unser Schullandheim war. Also hatte ich den glorreichen Einfall, einen Bullenwagen anzuhalten und die Bullen um Hilfe zu bitten. Das war der größte Fehler, den ich je gemacht hab!

»Sagen Sie mal, sind Sie von allen guten Geistern verlassen? Sie können nicht einfach einen Wagen auf Streife anhalten!« Das war der erste Satz der Lesbobullin.

»Wir brauchen aber ganz dringend Hilfe«, antwortete ich ihr. »Wir kommen nämlich nicht von hier und haben unsere Sachen im Club vergessen, und der hat jetzt schon zu. Wir haben keine Kohle, um zu telefonieren, aber wir müssen telefonieren, damit wir unsere Freunde fragen können, zu welchem Hotel wir müssen.«

»Tja, da müssen Sie zu einer Telefonzelle.«

»Ich hab doch aber gesagt, dass wir keine Kohle haben, und wir wissen grad echt nicht weiter, gleich um zwölf ist Abfahrt, wir müssen da hinkommen. Bitte, haben Sie denn kein Privathandy, von dem wir mal kurz telefonieren dürften? Bitte, wir bräuchten Hilfe!«

»Zeigen Sie mir bitte Ihre Personalien.«

»He? Ich hab Ihnen doch gesagt, dass wir nichts dabeihaben, dass unsere Portemonnaies und Taschen nicht da sind. Wie zum Teufel soll ich Ihnen denn meinen Perso zeigen?«

»Junge Dame, ich fordere Sie auf, mir Ihren Personalausweis zu zeigen, ansonsten müssen wir Sie mit auf die Wache nehmen!«

»Ich bitte Sie um Hilfe, und Sie wollen mich mit auf die Wache nehmen?«

Hätte ich ihr meine Personalien verraten, hätte sie mein Alter erfahren und meine Eltern und die Lehrer angerufen. Also weigerte ich mich.

»Ich fordere Sie ein letztes Mal auf, mir Ihren Personalausweis zu zeigen!«

»Häh, ich hab dir doch grad gesagt, dass ich nichts dabeihab, bist du schwer von Begriff?« Oh, oh, das war zu hart.

Sie stieg aus, öffnete die Handschellen. »Arme bitte nach hinten!«

»Was, Sie wollen mich jetzt festnehmen, obwohl ich Sie um Hilfe gebeten hab?«

Sie antwortete mir nicht, der Polizist auf dem Beifahrersitz ging zu Hendrik.

Die Frau legte mir Handschellen an, und so besoffen und emotional, wie ich war, wehrte ich mich, und sie prügelte auf mich ein; danach beleidigte ich sie als »Fotze« und spuckte ihr ins Gesicht, um ihr zu zeigen, was für eine Verachtung sie von mir verdient hatte. Sie rief nach Unterstützung, ihr Kollege kam, und sie zerrten mich auf den Rücksitz des Wagens.

»Hendrik!!«, rief ich um Hilfe, und mir kamen vor lauter Ungerechtigkeit die Tränen.

»Scheiße, Mann, die hat nichts getan, lasst sie in Ruhe!«, brüllte Hendrik vom Bordstein rüber.

Ich weiß nicht, was mit Hendrik geschah, aber nun war ich auf irgendeiner Polizeiwache in Hamburg. Super. Scheiße. Auf der Hinfahrt hatten wir noch darüber geredet, wie auf einer anderen Polizeiwache ein Schwarzer zufällig in seiner Zelle verbrannt war.

Ich wurde in ein Büro gebracht und dachte: Endlich! Ein neuer Bulle, vielleicht kann der mir helfen. Ich erklärte ihm, dass ich doch nur Hilfe gebraucht hätte, dass ich nicht verstehen würde, warum sie mich festgenommen hätten. Er forderte mich auf, ihm meine Personalien zu nennen.

Ich wollte nicht und bat um Verständnis. Er drohte mir mit der Ausnüchterungszelle, ich Dummkopf sagte natürlich: »Weißt du was, mach doch, du Bastard! Ihr Wichser steckt doch alle unter einer Decke!« Leider hat mich diese unkontrollierte Art in die Ausnüchterungszelle gebracht, und weil ich mich dann noch zur Wehr gesetzt hab, hab ich auch gut Schläge kassiert. An diesem Abend prügelten die Bullen mehrfach auf mich ein. Dann kam ein Arzt und nahm mir gegen meinen Willen Blut ab. Sie fesselten mich an einen Stuhl, und er stach mir einfach in meine Ellenbeugenvene. Und alles, weil ich sie um ein Telefonat gebeten hatte. Ich kam mir richtig vergewaltigt und gedemütigt vor.

Nach vier Stunden wurde ich rausgelassen, meine Klassenlehrerin wartete bereits in der Eingangshalle auf mich. Man hatte ihr erzählt, dass die Bullen uns wegen einer Personenkontrolle angesprochen und ich sie daraufhin bespuckt und beschimpft hätte. Dass ich sie um Hilfe gebeten hab, hatten sie nicht erwähnt. Der Rest nahm seinen Lauf: Schuldig. Klassenkonferenz. Hausarrest. Sozialstunden. Seitdem glaubt meine Mutter, ich sei an allem schuld. Was ich aus Hamburg gelernt hab, ist, dass die Wichser am längeren Hebel sitzen und man seinen Stolz und seine Würde für diesen Moment vergessen und sich ducken muss.

Es klopft an meiner Zimmertür, es ist Sinan, mein kleiner 13-jähriger Bruder. Er macht immer einen auf Ghetto-Kanake, obwohl er es nicht ist, trägt Nike Air Max, Picaldi-Hosen und eine Lederjacke, weil das gerade »in« ist, hört gern Gangsta Rap und gehört zu denjenigen, die behaupten, 2Pac sei nicht tot, obwohl er zu 2Pacs Lebzeiten noch in den Windeln lag.

»Hey, Ayla, hast du echt Drogen geschmuggelt?«

»Quatsch, Mann, was soll das denn heißen – Drogen geschmuggelt? Mama gibt mir einfach immer die Schuld. Hendrik hatte zwei Gramm Gras dabei, mehr aber auch nicht.«

»Ach, mich macht die doch auch die ganze Zeit an, die ist voll in ihrer Midlifecrisis. Warum seid ihr Frauen so kompliziert?«

»Woher willst du wissen, dass Frauen kompliziert sind?« Ich lächele ihn an und geb ihm einen leichten Klaps auf die Schulter. Er erzählt mir von einem Mädchen namens Latifah. Dass er nicht weiß, wie er sie küssen soll. Und von Ilan dem Hengst aus seiner Stufe, der alle abkriegt. Ich rede ihm gut zu, dass er auf Ilan doch scheißen und auf sein Herz hören solle, dass es schon mit seinem Mädchen Latifah klappen würde. Doch er widerspricht mir ständig, wahrscheinlich aus Unsicherheit.

Bis ich irgendwann die Geduld verliere und ihn frage: »Klartext, hattest du noch nie was mit nem Mädchen oder was?«

»Mit wem denn? Die Mädchen aus unserer Klasse sehen alle voll hässlich aus, bis auf Latifah, aber die will jeder, und die meisten Mädels stehen auf Ilan, weil er älter ist.«

»Es geht dir doch nicht um Ilan, sondern um Latifah, oder?«

»Klar gehts mir um Latifah. Ich will nicht wie ein schwuler Freund oder so von ihr sein. Ich will sie bei der passenden Gelegenheit einfach küssen, aber ich weiß nicht wie. Wär echt abtörn, wenn ichs vermassel, ja, Mann, voll peinlich. Sie ist der Hammer, die sieht aus wie Aaliyah. Kannst du mir nicht einfach die Technik zeigen?«

»Wie, die Technik? Du willst, dass ich dir Küssen beibringe?«

»Ich will einfach gut sein, Ayla, die ist echt was Besonderes.«

»Na, das Wichtigste ist, dass du einen frischen Atem hast. Oh nee, Mann, das ist echt ekelig.«

»Ich geh mir auch die Zähne putzen.«

»Sachte, sachte, Sinan, ich erklär erst. Vielleicht helfen ja auch Worte weiter. Also, du solltest nicht zu stürmisch, aber auch nicht zu langsam sein. Kein Umherkreisen der Zunge, wie es Dr. Sommer rät, sondern mit dem Kuss musst du zeigen, dass du sie willst, scharf auf sie bist.«

»Ja, aber vielleicht verkacke ich, deshalb muss ich üben! Die Technik, Ayla.«

»Ihh, wie – die Technik!?« Ich weiß, was er meint, ich hab schon einige schlechte Küsse erlebt, voll Sabber, zu langsam, Mundgeruch, zu schnell ... er tut mir leid. »Na gut, ich hab was bei dir gut, geh dir die Zähne putzen.«

Ich kann es nicht fassen, was fürn Abtörn. Erst die Rückfahrt mit Lara, dann die Bullen und meine Mutter, und jetzt kommt der mir noch mit so einer Scheiße.

Er kommt zurück in mein Zimmer, und wir beide setzen uns auf mein Bett.

»Okay, jetzt dreh deinen Kopf etwas nach rechts, runter!« Ich platziere meine Hand an seinem Kinn, sein Gesicht vor meins.

»Mach die Augen zu und stell dir Latifah vor.«

»Sowieso.«

Wir küssen uns, besser gesagt, ich küsse ihn, er bekommt seinen Mund nicht auf. »Kannst du vielleicht mitmachen?

Wolltest du sie nicht küssen? Oder willst du dich jetzt von deiner Schwester küssen lassen?« Sinan wird rot.

»Ist ja okay«, antwortet er und muss lachen. Dann muss ich auch lachen, aber wir probieren es erneut. Er hat kein Taktgefühl in der Zunge, sie streift wie ne steife Zick-Zack-Maschine irgendwie durch seinen Mund und kurz mal durch meinen.

»Das hat keinen Sinn!« Wir hören auf. Ich unterdrücke, dass ich lachen muss, damit er nicht noch unsicherer wird. Also schlage ich ihm vor, erst mal mit seinen beiden Fingern zu üben. »Von mir aus mach dir *Hit em up* von 2Pac an und lass die Zunge doch erst mal zärtlich im Takt um deine Finger kreisen und stell dir Latifah vor. Mehr kann ich jetzt auch nicht für dich tun, ich bin echt k. o., heute war ein Scheißtag, ich will jetzt schlafen!«

»Wir haben grad mal halb neun, Ayla.«

»Na und? Ich hab dir nen Gefallen getan, jetzt will ich meine Ruhe, geh jetzt bitte in dein Zimmer.«

»Okay, ich werde üben und sie küssen.«

»Na dann.«

Er geht aus meinem Zimmer. Ich lege mich in mein Bett und lese Goethes *Die Leiden des jungen Werther* zu Ende. Wir behandeln das Buch gerade in Deutsch. Es geht um einen jungen verträumten Typen namens Werther, der sich unsterblich in eine bereits vergebene Frau verliebt und sich dann aus Liebeskummer erschießt. Irgendwie erinnert mich diese melancholische, hilflose, abhängige Art von Werther an Lara. Als Goethe das Buch veröffentlicht hat, hat es eine Reihe von Selbstmorden gegeben. Es war cool, sich den grünen Anzug, den Werther in der letzten Szene anhat, anzuziehen, bevor man Suizid beging. Die Sturm-und-Drang-Zeit mit ihrer Betonung des Emotionalen erinnert mich generell etwas an die Emos von heute, nicht nur an Lara. Im Gegensatz zu den Ghetto-Kids haben sie keinen Kampfgeist, sondern leiden irgendwie gern. Ja, Lara leidet gern, und das ärgert mich aus irgendeinem Grund.

8. Mai

Nach der Schule muss ich sofort nach Hause, schließlich habe ich ja Hausarrest. Ich habe keine Lust. Mache mir Gedanken darüber, dass ich zu Hause nicht kiffen und rauchen kann. Vielleicht kann ich ja heimlich auf unseren Balkon.

Als ich auf meinem Zimmer bin, weiß ich nichts mit mir anzufangen. Hausarrest hatte ich das letzte Mal mit 16 oder so. Ich weiß auch nicht, wie meine Mutter darauf kommt, dass das irgendwas bringen würde.

Im Radio läuft Beyoncés If I Were a Boy, auch Ciara hat so einen Song, wo sie singt: Ich wünscht, ich wär ein Junge. Diese Ami-Soul-Diven sind echt bescheuert. Als Kind hab ich noch auf Destiny's Child vorm Spiegel getanzt, aber jetzt, wo ich die Aussagen verstehe, find ich sie nur noch dämlich.

Geh in die Küche und greif zur Süßigkeitendose, essen aus Langeweile, toll. Schau in die Dose, greif mir ein Werther's Original, mhh, lecker. Wer hat die denn gekauft?, wunder ich mich, unser Vorrat bietet doch sonst nur nimm2-Bonbons von Aldi, Sonnenblumenkerne, Gummibärchen, Kinderriegel, Datteln und Nüsse. Mmhh, lecker. Steck mir ein Werther's-Bonbon in den Mund, der süße Karamellgeschmack, die Bonbons erinnern mich irgendwie an Frau Krüger, die vor zehn Jahren zwei Stockwerke links unter uns gewohnt hat. Sie war vielleicht so um die sechzig und wohnte schon vor meiner Geburt in dem Haus. Sie war klein, dürr und ging, seit ich denken konnte, mit Gehstock, als wäre sie ihr ganzes Leben lang so alt gewesen. Sie trug fast jeden Tag das gleiche blaue Blumenkleid.

Frisurentechnisch war sie überraschend vielseitig. Die Alte besaß ein beeindruckendes Sortiment an Perücken in unterschiedlichen Modellen: die blonde Mähne, den blonden Bob, den schwarzen Bob, die langen braunen Haare, die kurzen dunkelblonden Haare oder auch die roten Locken. Nur ihr Gesichtsausdruck blieb unverändert bösartig. Vielleicht sollten die abwechslungsreichen Frisuren ein Ablenkungsmanöver sein, eine Ablenkung von dem darunter liegenden armseligen Gesicht, das von einer tiefen Falte, die sich vom Anfang der Augenbrauen bis in die Mitte der Stirn zog, in zwei Hälften gespalten wurde.

Die Kinder aus unserer Straße nannten sie »Hexe«, inklusive mir, wir hatten Angst vor ihr. Dabei hat uns die alte Frau nichts getan, im Gegenteil, sie hat uns sogar Kohle für Minijobs gegeben.

Ich lutsche genüsslich mein Werther's und erinnere mich noch genau an ihre kratzig verrauchte Stimme. »Kinder, wollt ihr euch was dazuverdienen?« Wir bekamen zwei Pfennig pro Zigarette, die wir ihr stopften, fünfzig Pfennig gabs pro Einkaufstüte, die wir ihr hochtrugen, bei zwei Tüten waren wir also bei ner Mark. Manchmal gabs ne Tüte Werther's-Karamell-Bonbons als Belohnung. Manchmal wollte sie, dass man ihr die Bart- und Beinhaare zupft. Wer das gemacht hat, bekam 0,5 Pfennig pro Haar, das war ganz schön ekelig, das habe ich nicht gemacht. Aber ich konnte echt gut Kippen stopfen.

Manchmal begegnete ich ihr abends im Hausflur, und sie ging übertrieben geschminkt aus der Wohnung, das Make-up setzte sich in ihren Falten fest, ihre Lippen übermalte sie oft rot und hatte dabei den Lippenstift halb auf den Dritten, halb über den Lippen. Manchmal hörte sie überlaut deutsche Schlager und sang mit – Horror.

Sie hatte für eine alte Frau abends verhältnismäßig viel Besuch. Ich weiß nicht, ob sie ne Hexe, Zauberin oder ne Nutte war. Ich hatte viele Albträume, in denen sie immer die Gestalt des Bösen darstellte. Irgendwie tat sie mir auch leid, sie war nur eine einsame alte Frau.

Meine Eltern mochten es nicht, wenn wir in ihre Wohnung gingen und Geld von ihr annahmen. »Frau Krüger ist nicht ganz richtig im Kopf«, warnte meine Mutter uns. »Sie ist verrückt, ich will nicht, dass ihr zu ihr geht.«

Aber nach jedem Besuch bei der Krüger konnte ich mir neue Streifen Stoff- und Glitzer-Sticker kaufen! Irgendwie brauchte sie uns Kinder, sie hatte keine eigenen, zumindest hat man sie nie gesehen. Meinen Eltern fielen die paar neuen Sticker in meinem Album eh nicht auf.

Ihre Wohnung sah alt aus, roch alt und war vollgestellt mit komischen Figuren, Puppen und irgendwelchen Massage-Bällen, oder was das auch immer war. – Hm, wenn ichs mir so recht überlege, hätte es auch ein Gagball oder anderes Sexspielzeug sein können – ich weiß nicht, kann mich nicht so genau erinnern. Ihre Lieblingsshow war *Nur die Liebe zählt* mit Kai Pflaume ...

Frau Krüger erzählte uns nie Geschichten, sie beschwerte sich über alles und jeden, rauchte eine Kippe nach der andern und kommandierte uns Kinder herum. Umso netter wirkte sie, wenn sie mal nichts Gemeines sagte.

Ich war nur scharf auf meine Sticker und auf die nächste Pause, um anzugeben und zu tauschen. Manchmal wartete Nadine vor der Tür und zog uns die Kohle wieder ab, sie war schon damals unbeliebt und bekannt dafür, dass sie allen alles klaute. Deshalb hat sie auch nie jemand zu sich nach Hause eingeladen.

Einmal hat die Krüger verwirrt bei der arabischen Familie nebenan im achten Stock geklingelt. Der Vater von Jamal, meinem 15-jährigen Nachbarn, öffnete die Tür, Frau Krüger stand wollüstig vor ihm. Ihr Hemd war bis zum Bauchnabel, der sehr tief unten labberte, aufgeknöpft, ihre ausgelaugten Titten hingen halb raus, und sie fragte nach Zucker. Er brachte ihr Zucker und wollte grad die Tür schließen, da fragte sie ihn, ob er nicht mit zu ihr wolle. Er lehnte dankend ab. Frau Krüger wurde zum Gespött des Hauses. »Arme alte verrückte Frau«, hieß es. Irgendwann war ein Krankenwagen da, ab dann war sie weg. Jetzt wohnt Familie Karataş in Frau Krügers Wohnung, jetzt riecht es nach türkischem Essen im achten Stock links. Ich habe das Gefühl, dass die Leute im Haus glücklich sind, dass die alte Verrückte weggesperrt worden ist. Trotzdem schmecken Werther's-Bonbons lecker. Ich kaue den letzten Rest und lass ihn genüsslich auf der Zunge zergehen.

Hausarrest ist langweilig. Ich ruf Sammy an, der muss mir doch etwas *ot* vorbeibringen können, nachdem wir am Wochenende seinen Arsch gerettet haben. Es klingelt, aber der Penner geht nicht ran. Also probiere ich es noch mal und noch mal. Ich komm mir vor wie ne Stalkerin. Aber dann ruft er nach einer halben Stunde endlich zurück.

»Was geht, Sammy, warst wohl busy? Was machst du?«

»Alter, ich musste mich doch mit Ali treffen, schon vergessen?«

»Ach, stimmt ja, und wie liefs?«

»Es lief gut, ich wollt ihm sein Gras wiedergeben, aber jetzt darf ichs weiterverkaufen, dafür will er dann halt die Kohle, ist auch besser, so kann ich wenigstens meinen Eigenbedarf decken.«

»Voll abtörn, Alter, ich hab Hausarrest, wegen Sonntag. Rede nicht die ganze Zeit von Gras, Alter! Mir ist überlangweilig. Kannst du nicht bei mir vorbeikommen, und wir rauchen zusammen einen auf dem Balkon? Meine hängen gebliebene Mutter lässt mich nicht raus.«

»Klar, könnt so gegen 17:00 Uhr vorbeikommen, aber merken deine Eltern nicht, dass du auf dem Balkon kiffst?«

»Quatsch, die rauchen nicht, und du kannst ja ruhig auf dem Balkon eine Kippe rauchen, ich begleite dich ja nur. So extrem sind die nicht, dass sie auf den Balkon kommen und nachprüfen, was da geraucht wird!«

»Na gut, Alter, ich bin, wie gesagt, so gegen 17:00 Uhr da.«

»Cool.« Ich leg auf. Nur noch eineinhalb Stunden, na, das ist doch schon mal ein kleiner Hoffnungsschimmer in meinem tristen Dasein zu Hause.

Ich chatte und vertreibe mir die Zeit. Selbst die kleine Nervensäge Sinan ist nicht zu Hause. Kein Wunder, dass meine Mutter so schräg drauf ist, wenn sie nach der Arbeit immer hier abhängt. Ihr wird wahrscheinlich so langweilig, dass sie die ganze Zeit nur rummeckert.

*

Endlich klingelts, ich laufe zur Tür. Sammy kommt rein und begrüßt meine Mutter, er wirkt ziemlich unsicher. »Eh, hallo, ich bin Sammy aus Aylas Schule«, er flüchtet immer wieder mit seinen Blicken auf die eingerahmten Bilder am Eingang zur Küche, die Sinan und ich, als wir klein waren, mehr oder weniger gemalt, beziehungsweise eher gekrakelt haben. Ich finds lustig und muss innerlich lachen.

»Hallo, Sammy, ist ja nett, mal die Freunde meiner Tochter kennenzulernen, sonst ist sie ja immer unterwegs.«

»Komm, wir gehen in mein Zimmer«, fordere ich Sammy auf, bevor meine Mutter noch die Kinderfotos rausholt.

Er setzt sich auf meine Matratze, ich mich auf den Computersessel vor meinen Flachbildschirm. Sammy starrt auf meine alte *Micky Maus*-Tapete, die ich mit Filmpostern von Luc Besson wie *Nikita* und *Léon – der Profi* und *Hass* (*La Haine*) von Mathieu Kassovitz überklebt habe. Auf der Wand gegenüber vom Schreibtisch steht »hip hop 4 Ever«. Das hab ich da mal mit fettem Edding riesengroß draufgeschrieben, als ich 13 war. Danach hab ich mehrfach versucht, die Tapete abzupiddeln, aber man siehts trotzdem noch, es guckt zwischen den Urlaubsfotos aus der Türkei, die ich drübergeklebt hab, raus.

Sammy blickt aus meinem Fenster, blickt auf die Balkone des gegenüberliegenden grauen Hochhauses.

»Was willst du hören? Ich hab fast alles da, nee, eigentlich hab ich alles da, hab ja Internet, YouTube.«

»Na, dann gib mal Necro *The Dispensation of Life and Death (Instrumental)* auf YouTube ein.«

Sammy nimmt ein Stück Karteikarte, um den Tip für den Joint zu bauen, die benutzt er lieber als die Tips von der Kippenpackung, weil die nicht mit irgendner Chemofarbe beschichtet sind. Wie detailverliebt er diesen Joint baut, ist schon faszinierend. Als er mit Bauen fertig ist, gehen wir auf den Balkon, um zu rauchen.

»Mann, ich hatte echt Schiss, dass deine Mutter merkt, dass ich voll bekifft bin. Hatte ich eben sehr rote Augen?«

»Ach Quatsch, das merkt die nicht, du könntest ja auch eine Pollenallergie haben. Mach dir nicht so einen Kopf und lass uns rauchen.«

Er zündet den Joint an. Ich finds echt sehr zuvorkommend, dass er sich überhaupt solche Gedanken macht, wenn auch unnötig.

»Echt cool, dass alles so glatt gelaufen ist mit Ali. An der Grenze hatte ich echt Schiss, dass alles auffliegt. Ich schulde euch allen was, besonders Hendrik.«

»Ach Quatsch, wir haben dir doch nicht geholfen, weil du uns dann was schuldest. Ist doch cool so. Hendriks Anzeige wird so oder so fallen gelassen, das war doch genau so geplant.«

»›Quatsch‹ ist wohl grad dein Lieblingswort? Trotzdem wird das in seiner Akte stehen. Dass ihr mir geholfen habt, war echt cool.«

Dann muss ich an die Schule und an Lara denken. »Jaa, Mann, Sammy, ich hab heute voll die Kacke gebaut.«

»Was denn?«

»Ich hab Lara heut im Deutschunterricht etwas beleidigt, wir haben über Emos und so geredet, und ich hab sie, glaub ich, an ihrer wunden Stelle erwischt.«

»Was hast du denn gesagt?«

»Quasi, dass sich Emos ritzen, aber zu feige sind, sich ganz umzubringen, wie die Figur aus dem Buch, über das wir gerade in Deutsch reden. Dann meinte ich noch, dass emotionale Menschen abfucken, weil sie so anhänglich sind – scheiße.«

»Hee? Wieso machst du das?«

»Ich weiß ja auch nicht, ich meine, ich hätte nie was mit ihr haben dürfen, jetzt ist sie voll anhänglich. Ich wollte ihr doch nur irgendwie klarmachen, dass mich das abtörnt, wie sie ist, damit sie mich nicht so einengt.«

»Warum engt sie dich denn so ein, du hattest doch was mit ihr? Soweit ich das auf der Rückfahrt mitbekommen hab, hat sie dich nicht so krass vollgelabert oder eingeengt.«

»Ach, das verstehst du nicht, das sind Kleinigkeiten, die du nicht siehst, aber ich bemerke sie sehr wohl.«

»Also, ich find dich irgendwie nicht fair, Ayla, erst hast du was mit ihr, was übrigens ziemlich geil war, und dann behandelst du sie wie das letzte Opfer. Das würde eher zu Micha passen, aber warum du so asi bist, kann ich nicht verstehen. Du hättest doch auch vernünftig mit ihr reden können.«

»Nein, das kann man ja eben nicht! Es kommt mir so vor, als würde sie zerbrechen, wenn man ehrlich zu ihr ist. Mich kotzt echt an, dass sie so sensibel ist, und wenn mans ihr durch die Blume sagt, schnallt sie es nicht und klammert noch mehr.«

»Du kannst ja echt gehässig sein, Ayla, aber ehrlich gesagt ist das uncool. Meinst du, Lara hätte nicht geschnallt, dass das eine für dich einmalige Sache ist, wenn du es ihr normal gesagt hättest?«

»So blöd sich das anhört, *nein*. Weißt du, ich sag ihr, ich hab keine Zeit, und sie fragt mich daraufhin, wann ich denn Zeit hätte.«

»Wie kannst du nur so unsensibel sein? Du hast sie doch in Zandvoort gehört, sie ist total einsam. Warum hackst du auf so einem Menschen rum?«

»Übertreib nicht, Alter, ›drauf rumhacken‹ ist ja wohl zu viel!«

»Du hast mich doch gefragt, oder? Warum musst du dann das letzte Wort haben? Kapier ich nicht. Ich dachte, dir liegt das auf dem Herzen, und du weißt, dass es falsch war mit Lara.« Sammys Ansicht gefällt mir, er ist kein einfacher Jasager, aber irgendwie gerate ich durch seine Meinung in eine Verteidiger-Position, obwohl er ja recht hat.

»Ja, aber das Mädchen ist echt anhänglich«, wiederhole ich in einer tief genervten Tonlage. Der Joint ist tot, und wir gehen wieder auf mein Zimmer. Ich drücke erneut auf »Play« und das Instrumental läuft. Drei Minuten und 25 Sekunden halten wir beide unsere Klappe.

Dann klopft meine Mutter und öffnet die Tür einen Spaltbreit. »Bleibst du zum Essen, Sammy?«

Ich vermeide es, ihr in die Augen zu schauen, blicke zu Sammy, wiederhole: »Bleibst du?« und hoffe auf eine schnelle Antwort.

»Cool, gern«, antwortet er endlich.

»Ayla, kannst du bitte um kurz vor sieben den Tisch decken!«, fordert sie mich noch auf und geht wieder raus.

»Gott, die nervt manchmal echt.«

»Wenigstens hast du eine Mutter.«

Ich drücke erneut auf »Play«. Manche Leute können Instrumentals nicht so oft hintereinander hören; ich mag das, das haben Sammy und ich wohl gemeinsam. Als wir uns durch YouTube klicken, fällt mir auf, dass wir einen ziemlich ähnlichen Musikgeschmack haben. Ich steh auf Horrorcore Rap und die Instrumentals, er auch. Er mag kein Öko und Jiggy Rap, ich auch nicht. Ich liebe harte schnelle Texte, er auch. Selbst was Ghetto-Kanaken-Musik betrifft, haben wir denselben Geschmack. Er klickt auf Lieder, die ich mag, ohne zu wissen, dass ich sie mag. Langsam wird das unheimlich. Dann gehen wir in Sinans Zimmer, Playstation *Mortal Combat 3* zocken. Ich bin »Wonder Woman« und mache Sammy aka »The Joker« platt. Rechts, links, Dreieck, immer wieder, so schnell wie möglich tippen, tippen, tippen. Sammy fängt an zu lachen. »Das ist kacke, Ayla, du machst ja die ganze Zeit nur den gleichen Move!«

»Wonder Woman wins!!!« Haha.

»Du bist ja nur neidisch, dass ich gewonnen hab.« Ich lache. Klar, mein ich das nicht ernst, es ist lustig, ich fühl mich wohl. Round 2, tippen, tippen, tippen ... Sammy beobachtet mich, lacht, sagt: »Ich finds lustig, dass du deinen ganzen Körper bewegst und wie du tippst.«

Ahhhh. Scheiße. Das irritiert mich, und »Wonder Woman« wird schwächer. »Mensch, lenk mich nicht ab!« Tippe mit der linken Hand immer schneller auf Rechts, Links und mit der Rechten aufs Dreieck, da wirft Sammy aka »The Joker« auch schon mit einer Handgranate und bombt mich voll weg. »Joker wins!!!« Scheiße. Round 3 gewinnt er auch.

»Dann geh ich mal den Tisch decken.«

»Soll ich dir helfen?«

»Nee, danke, geht schon.«

Als wir gemeinsam im Wohnzimmer zu Abend essen, tritt meine Mutter in ein Fettnäpfchen und fragt Sammy, was seine Eltern denn so machen, was mir sehr unangenehm ist, aber

Sammy reagiert cool drauf und erklärt ihr nüchtern, dass seine Mutter letztes Jahr an Krebs verstorben ist und er seinen Vater nie gekannt hat. Gott sei Dank entsteht keine peinliche Stille. Der Abend klingt gemütlich aus. Nach dem Essen lässt mir Sammy noch einen Joint da, bedankt sich und geht.

Ich helfe meiner Mutter beim Abwasch, und sie fragt mich über Sammy aus, ob er mein Freund sei. Sie findet ihn nett. Das finde ich cool.

Zurück in meinem Zimmer sehe ich ein Bild auf meinem Bett, Sammy hat meinen Namen getagged, die knalligen Farben gefallen mir. Ich leg mich hin, schau auf das Blatt, sieht echt cool aus. Ich mag seine lockere Art, in der Lara-Sache hat er recht, irgendwie muss ich das mit ihr klären. Sammys besessener Blick in Zandvoort war auch geil. Mhh, das ist schon geil, vielleicht ist das ja genau mein Ding, ich mein, beim Sex beobachtet zu werden. Ich suche mir genau so eine Art von Anzeige aus dem Internet. Geil!

»Welches junge Gör hat Lust, nackt zu putzen?« Er heißt Peter, ist alleinstehend und 49 Jahre alt, dann steht da noch »top in Form«. Klar, warum nicht? Ich maile ihm: »Bin interessiert, will gern bei dir nackt putzen. Devotes Gör. Kuss, Zwinker.« Ich muss lachen.

Er mailt mir seine Telefonnummer, ich rufe ihn an. Gott, er hört sich überalt an. Hui, das wird krass mit der rauen Stimme und dem kölschen Akzent! Wozu bis nach Dortmund zu so nem Typen, der in irgendeinem Kuhdorf wohnt? Diesem Peter begegne ich hier bestimmt auch nicht ein zweites Mal.

Interessante Leute im Internet sind cool, man weiß nie hundertprozentig, was passieren wird. Wobei ich mir sehr wohl vorstellen kann, was passiert, wenn ich nach acht

Wodka auf ner Party nen Typen meines Alters abschleppe und am nächsten Tag in die Schule muss.

Oder Lara. Scheiße, das ist echt was, womit ich mich wirklich nicht in meinem Schulalltag auseinandersetzen möchte, würg. Vielleicht lass ich besser Gras über die Sache wachsen? Mmh – ich werde morgen die Schule schwänzen und zu ihm fahren. Ich kanns kaum erwarten, jaaa, geil!

9. Mai

Als ich bei Peter ankomme, ist es grad mal 11:30 Uhr. Er öffnet die Tür, die Wohnung ist ziemlich abgedunkelt. Draußen ist es so schön hell. Er ist alt. Fett, wie ichs will. Seine viel zu kleinen Augen verlieren sich in seinen großen dunklen Augenhöhlen. Ich weiß nicht, ob die Narben von Windpocken oder Akne stammen, aber sie zeichnen sein alkoholikergerötetes, verportes Gesicht böse aus. Seine Frisi sieht aus wie die von Hitler, nur dass Peter kaum mehr Haare auf dem Kopf hat und sie blond bis grau sind, von rechts nach links über seine Geheimratsecken gegelt. Er trägt eine beige Stoffhose, die unter seinem fetten Bauch an seiner verhältnismäßig schmalen Hüfte irgendwo mit einem Gürtel befestigt sein muss, sein grau-grüner Pullover ist mit vier beigen Karomustern bestickt. Darüber trägt er eine braune Lederanglerweste, die Dinger mit den tausend Taschen, die immer Opas anhaben.

Er führt mich gleich in seine alte, wohl von der Mutter übrig gebliebene Einbauküche, begrüßt mich, hat eine ziemliche Whiskeyfahne und weist dezent mit einem Blick auf die Putzutensilien hin. Ich packe mir den Eimer, greife in das Wasser, hole den Schwamm raus.

Er führt mich in sein abgedunkeltes Wohnzimmer, zieht sich bis auf das Unterhemd und seine Boxershorts aus und setzt sich halbnackt auf seine Couch. Ich ziehe mein Oberteil aus und wische über den Holztisch vor ihm. Kurz muss ich an Sammys Tisch denken, grinse. Dann aber drücke ich den Schwamm zwischen meinen Brüsten aus, das Wasser läuft über meinen Bauch in meine Hose. Ich reibe den Schwamm an meine Brüste. Lasse ihn fallen und ziehe meine Hose aus, habe einen schwarzen Spitzen-String an, fange an, den Boden aufzuräumen. Es scheint, als habe er absichtlich die Wohnung verwüstet. Dann bücke ich mich, um die Werbeprospekte, die auf dem dunklen Parkettboden liegen, aufzuheben. Seine Handfläche klatscht auf meinen blanken Arsch, billig, primitiv – geil, er bekommt ne ziemliche Latte, dann zieht er mir mein Trägerhemd bis unter die Brüste und streichelt sie im Kreis, kneift kurz rein, hebt sie an und wackelt grobmotorisch an ihnen herum. Er macht sich weder die Mühe, mein Shirt ganz auszuziehen, noch sanft mit meinen Brüsten umzugehen; das ist auch gut so, das wär sonst abtörn. Lahmarschiger, zärtlicher Sex ist ein No-Go für solche Begegnungen. Dann ziehe ich meinen String aus.

Er macht sich unten- und obenrum frei, er steht einfach nur da, ich knie mich vor seinen Schwanz, stecke seinen adrigen Schwanz so tief in meinen Mund, bis ich fast würgen muss. Sein fetter behaarter alter Bauch wabbelt immer wieder mal gegen meine Stirn, Gott ist das geil. Langes Saugen verursacht immer einen Krampf in meinem Mund. Also lecke ich zur Abwechslung nippend seine empfindliche Eichel, wie eine Katze, das gefällt ihm, ich strecke die Zunge raus und presse seinen Schwanz an mein Gesicht, reibe seinen Schwanz an meine Wange, küsse den Schwanz, streichele seine Eier, dann gleitet meine Hand zwischen seine Oberschenkel an seinen Arsch. Er steckt den Schwanz wieder in meinen Mund und presst den Arsch im Takt immer fester gegen mein Gesicht und somit den Schwanz immer tiefer in meinen Mund. Schaue ihn flehend mit meinen großen Rehaugen an. Signalisiere: »Ja, gib mir Schwanz!« Er stöhnt, zeigt mir, dass er gleich kommt, dann holt er sich einen runter. Ich strecke meine Zunge raus, und er wichst mir auf die Zunge, in mein Gesicht, bis hin zu meinen Brustwarzen. Die Wichse läuft nur so runter, meine Nippel werden steif, und ich genieße es, vollgewichst zu sein.

»Kannst du ihn gleich noch mal reinstecken?«, frage ich, noch nicht wirklich befriedigt.

»Gib mir noch paar Minuten, ich bin weder auf Ecstasy noch auf Koks, ich kann nicht so schnell wieder.«

Egal, denke ich mir und lege mich nackt und vollgewichst, wie ich bin, auf den kalten Boden und fange an, es mir selbst zu machen. Nach ein paar Minuten wird er wieder geil. »Jetzt kann ich wieder.« Und er fickt mich.

»Willst mich nicht lieber von hinten nehmen?«

»Jern, iss noch enger«, brummt er.

Er spuckt zweimal in seine Hände und verreibt die Spucke an meinem Arschloch. Dann dringt er ein. Ich stütze mich mit meinen Ellbogen am Boden ab und lasse mich von hinten ficken. Meine Knie tun weh, der Boden ist hart, außerdem will ich mich dabei fingern. Also höre ich auf, steh auf und beuge mich gegen den Esstisch. Er nimmt mich von hinten, ich fingere mich. Es dauert zwei Minuten, und ich komme. Dann kneife ich meine Arschbacken zusammen. Und denke mir: Raus jetzt!

»Ich hab keine Lust mehr, bin gekommen.« Er zieht seinen Schwanz aus meinem Arsch.

»Na toll«, und er verschwindet auf Toilette.

Plötzlich kommt mir alles nicht mehr sooo sexy vor, eher abtörn, dieses ekelhafte Wohnzimmer, das ich vorher, aus

Geilheit, nicht richtig wahrgenommen habe. Ein Geweih hängt über seinem Fernseher an der dunkelgrün tapezierten Wand. Daneben hängt ein in Öl gemaltes Landschaftsbild, das einen relativ tristen deutschen Wald, einen deutschen Förster in grüner Uniform und die deutschen Berge zeigt. Daneben hängen mehrere eingerahmte Urkunden vom Schützenverein. Eine Riesenschrankwand aus dunkler massiver deutscher Eiche, vollgestellt mit ausgestopften Tieren, Waffen und alten Büchern, füllt eine komplette Wandseite. Jetzt erst bemerke ich die ausgestopften Viecher in der hässlichen dunkelbraunen Holzvitrine.

Wow, ich habe das Gefühl, von ihnen angestarrt zu werden. Wische die Wichse mit nem Tempo weg und ziehe mich an. Er kommt zurück, immer noch nackt, irgendwie finde ich ihn jetzt abtörn. »Ey, ich muss jetzt gehen, meine Eltern und so.«

»Na, sehen wir uns wieder?«

»Ich weiß nicht.«

»Ich geb dir auch Kohle, wenn du was brauchst.«

»Bisse behindert, Alter? Nee, brauch ich nicht!« Was bildet sich dieser alte Wichser ein? Von wegen Kohle, bin ich ne Nutte oder was? Mit dem Typen treff ich mich bestimmt nicht wieder! Der denkt, er könne mich kaufen. Dieser Bastard. Na ja, ich sollte schleunigst nach Hause. Vorher noch mal ins Bad, mein Gesicht stinkt nach Penis. Mach ne Katzenwäsche, spüle meinen Mund aus und gehe.

Auf meinem MP3-Player läuft Massivs *Instrumental Ghettolied,* und ich laufe immer schneller die Treppen hinunter. Der Track holt mich dermaßen in die Gegenwart zurück, dass meine Selbstvorwürfe immer größer werden. Ich renne zur Tür raus, die Straße runter, in Richtung U-Bahn.

Warum zum Teufel hab ich das gemacht? Ich bin »ehrelos«. War es das Verbotene daran? Dass ein dicker kölscher alter Jägersack ein junges türkisches Mädchen wie mich knallt? Keine Ahnung. Jetzt empfinde ich das als ehrlos. Aber was bedeutet Ehre? Dass man seinen Lüsten nicht nachgeben darf? Ich werd zu Hause im Internet nachschauen. Ehre bedeutet, für mich zumindest, sich selbst treu zu bleiben. Na, treu bin ich mir doch, aber warum fühl ich mich so dreckig?

Meine Therapeutin wollte mir weismachen, dass ich mit den Sexfantasien von älteren Männern das Verhältnis zu meinem Vater verarbeite. So ein Kack, sie wollte mir gleich diesen Ödipus-Komplex verkaufen! Wenn ich daran denke, könnt ich kotzen. Ich schwöre, ich wollte nie meinen Vater ficken! Vielleicht ist dieser Ödipus-Gedanke der Grund, warum ich jetzt so abgetörnt bin?

Ich fahre mit der Linie 4 wieder bis ... Post, nach Hause. Ich komm die Rolltreppen hoch auf den Platz vor der Post. Dort stinkt es immer nach Bier und Pisse, weil das ganze Hero-Junk-Pack aus unserer Siedlung da abhängt. Jedes Mal aufs Neue fragen sie mich nach Kohle, meine Antwort bleibt immer die gleiche: »Ich hab selber nichts.« Ich seh nicht ein, irgendwelchen Junkies, die in ihrer eigenen Pisse liegen, Kohle zu geben. Ganz ehrlich, selber schuld, ich lebe und sterbe allein, bin zu hundert Prozent für mich selbst verantwortlich. Da braucht mir keiner mit Schicksal und so ner Kacke kommen.

Wenn ich an meine Kindheit zurückdenke, find ich die Gegend scheiße. Ich kann nichts mit Ghetto-Lokalpatriotismus anfangen, aber ich schäme mich auch nicht. Ich mein, jetzt ists okay. Ich hab keine Angst mehr, aber als Kind sieht man die Welt anders. Die bösen Ghetto-Asis sind nicht alle böse (bis auf die hängen gebliebene Nadine), und die Junkies können einem auch nichts Böses tun, weil sie zu high, schwach und unkoordiniert sind. Auf nem Spielplatz häng ich so oder so nicht mehr ab, also kann ich auch nicht versehentlich eine Spritze ausbuddeln und mich piksen.

Unser Plattenbau hat 13 Stockwerke, wir wohnen im zehnten. Frau Müller, ich nenne sie die Eule, ist so fett, dass sie kaum aus ihrer Wohnung geht und daher den ganzen Tag aus ihrem Fenster starrt, zu allem ihren Senf dazugibt und sich mit den Kindern aus der Straße anlegt. Wenn sie zu laut Ball spielen, beruft sie sich immer auf das Metallschild an der Wand, wo draufsteht: »Fußball spielen verboten.« Früher war hier mehr grün, aber sie haben irgendwie alles zubetoniert. Die Wand eignet sich gut als Fußballtor, die Kids benutzen absichtlich Frau Müllers, um die Olle zu ärgern. Als ich klein war, starrte sie genauso aus dem Fenster und meckerte uns an. Irgendwie hat sie ein bisschen recht, den Aufprall des Balles gegen die Wand hör selbst ich noch in meinem Zimmer.

Bin faul und nehm unsern Vier-Mann-Fahrstuhl. Casper hat ein cooles Tag in unsern Aufzug gemalt, aber das ist jetzt verwischt und sieht aus wie verschmierte braune Kacke.

Zuhause. Es riecht nach *mercimek çorbası* (Linsensuppe). Ich habe Hunger, gehe in die Küche und begrüße meine Mutter.

»Ayla, kannst du bitte Fladenbrot kaufen gehen, dann können wir gleich essen?!«

»Toll, hättest du mir das nicht vorher sagen können?« Also gehe ich erneut raus, zu dem neuen *bakkal* (dem türkischen Lebensmittelgeschäft) gleich bei uns um die Ecke, der hat morgens immer warmes Fladenbrot – mmh, voll lecker.

»Hallo, amca bir, Fladenbrot lütfen! (Ein Fladenbrot bitte!)«

»Du bist doch Türkin, Ayla, warum bringt dir dein Vater kein Türkisch bei? Ich bringe dir bei. *Ben bundan sonra seninle sadece Türkçe konuşurum, böylece sen de Türkçe öğrenirsin. Tamam mı?«* (Ich werde nur noch Türkisch mit dir reden, dann wirst dus von mir lernen, okay?)

»*Tamam*«, okay, antworte ich kurz und bündig.

*

Als wir zusammen bei Tisch sitzen, fängt Sinan an, meine Mutter wegen Nike Shox zuzuquatschen. »Mann, ich will aber nicht mit so billigen Schuhen rumlaufen, jeder hat Nike Shox!«

»Sinan, *kes sesini!* (Sei leise!) Ich gebe bestimmt nicht 170 Euro für Turnschuhe aus, geh erst mal arbeiten, dann weißt du vielleicht, was 170 Euro bedeuten. Du kriegst von mir 50 Euro für Turnschuhe, das wars, Si-na-n, diskutier nicht mit mir weiter!«

»Du bist so unfair, wegen dir muss ich rumlaufen wie das letzte Opfer!«

»Es reicht, du gehst jetzt auf dein Zimmer!« Sie nimmt Sinans Teller weg und stellt ihn auf die Spüle.

»Ach, jetzt krieg ich in dem Armenhaus hier nicht mal was zu essen?« Er geht auf sein Zimmer, und meiner Mutter kommen die Tränen. Sie ist mit Sinan überfordert. Dann redet sie auf mich ein. Dass sie alles für uns tun würde, sie uns zu sehr verwöhnt habe und so weiter. Irgendwie tut sie mir leid. Sinan übertreibt.

Also gehe ich nach dem Essen in sein Zimmer. »Du gehst zu weit, du kannst ihr doch nicht vorwerfen, dass wir grad keine 170 Euro für Turnschuhe haben.«

»Hallo, soll ich rumlaufen wie das letzte Opferkind?«

»Frag doch Ali, ob er dir Nike Shox für 50 Öcken klarmacht. Dafür musst du Mama doch nicht anmachen.« Und dann kam es wieder, das *Wort*: »Du willst doch so cool sein. Ich find es *ehrlos*, seine Mutter so runterzumachen.«

»*Du* streitest dich doch die ganze Zeit mit der.«

»Ja, aber nicht wegen Geld, die hat schon recht, dann geh doch arbeiten!«

Ich gehe aus seinem Zimmer in meins, mach Musik an. Schaue bei kijiji Anzeigen durch. Auf so nen Typen wie Peter, diesen Bock, der mir Geld anbietet, hab ich keine Lust mehr. Aber sonst find ich keine aufregende neue Anzeige. Dann hört Kery James' Album *À l'Ombre du Show Business* auf, durch meine Boxen zu schallen, und ich nehme wahr, wie meine Nachbarn sich streiten. Sie streiten sich immer. Man hört nur Gebrüll und Beleidigungen, nie den Grund. Zu viele andere Nebengeräusche hallen durch die dünnen Wände. Ab und zu verstehe ich ein paar geschriene Sätze wie »Geh doch, wenn du willst«, »Arschloch«, »Fotze«. Dann knallen sie die Türen. Erst wenn sie im Schlafzimmer sind, das direkt neben meinem Zimmer liegt, hör ich genauer, was sie reden und tun. Ich bin oft mit ihnen gemeinsam gekommen. Ich kenn ihren Sex-Rhythmus. Stell mir dann nen Dreier vor.

Ich suche mir im Internet die Nummer von einem Pärchen raus, das Liebe zu dritt machen will. Ihr Profil ist ein bisschen öko, auf ihrer Seite läuft Jimi Hendrix. Die Frau heißt Fina, schlank, 1,72 groß, rotes schulterlanges Haar, weiße Haut, ich glaub, ich hab ein Faible für bleiche weiße Haut; der Typ, Joseph, 1,80 groß, blond, ebenfalls schulterlanges Haar, hat ein bubenhaftes Gesicht und einen langen Ökobart. Lustig, die sehen das bestimmt nicht so businessmäßig wie Peter.

Dann denk ich an Peter. Warum hat mein Herz nach dem Sex so wild gepocht, als hätt ich was ganz Schlimmes oder Peinliches getan und würde dabei erwischt werden? Wie damals, als ich vier war, wir Besuch von meiner Familie hatten und sie allesamt, Oma, Opa, Onkel, Tante, mich peinlich berührt und hilflos anstarrten, als ich grad auf dem Teppich im Wohnzimmer das Kissen genüsslich an meine Vagina rieb; bis meine Mutter reinkam und mich empört bat, damit aufzuhören, da es nichts Schönes in der Öffentlichkeit sei, das mache man nicht, sagte sie. Ich mein, wie gesagt, ich wusste ja nicht, was ich da mache.

Ich bin ein Mensch, und Menschen ficken schon seit Urzeiten, warum fühl ich mich so schlecht?

Greift mein Verhalten meine Würde an? Naaa? Kann man denn würdelos sein, wenn man etwas aus freiem Willen tut? Ich gehe ins Bad, mache mich bettfertig. Als ich so auf dem Klo sitze und pisse, denke ich über den Begriff »Würde« nach. Nein, also, ich glaub, würdelos bin ich nicht. Ich bin einfach übersättigt von schönen langweiligen Menschen. Überall siehst du sie, auf Werbeplakaten, Fernsehkanälen, einfach überall, alle wollen sie schön sein, und wer genug Kohle hat, kauft sich ein neues Gesicht oder nen neuen Körper, der Barbie entspricht. Außerdem: Kann Geilheit würdelos sein? Ich mein, ich hab ja niemand gegen seinen Willen gefickt.

So nen alten fetten Sack zu ficken ist geil, weil es einfach nur Sex für den Moment ist. Ich hab das Gefühl, dass ich mich gehen lassen, animalisch, gar bestialisch sein kann. Anonym bleiben Reiz und Fantasie im Einklang, anonym bleib ich auch gern, weil ich so mein normales Ansehen nicht aufs Spiel setze. Wenn ich Barbie und Ken mit ihren strandgebräunten Astralkörpern ficken sehe, reizt mich das einfach nicht mehr, ich habe sie schon zuhauf gesehen, jeden Tag, überall, langweilt mich. Tabus brechen, einfach mal den Schweiß unter den Achseln von nem 50-jährigen fetten alten Sack lecken und dabei meine Muschi an sein Bein reiben. Begehren. Geilheit. Ja.

Im Puff hätt ich Probleme zu kommen, da Nutten eher das Geld als dich begehren, da fehlt mir der Reiz. Ich wär auch nicht gern ne Nutte. Ich bin zwar gern mal sexuell in einer devoten Rolle, aber mein Charakter ist nicht devot, daher kann ich es auch nicht leiden, wenn mir jemand nach dem Sex Kohle anbietet.

Ich hatte schon im Kindergarten Sex; also, es war fast so wie Sex. Ich spielte oft mit meinen Freundinnen Fantasiespiele. Wir taten so, als würden wir träumen. Wir legten uns zusammen schlafen, suchten nach Ausreden, um uns gegenseitig anzufassen. Hui-oh, ich hab von einem Sturm geträumt, auf einmal beweg ich mich ganz schnell auf dich zu. Hochkrabbeln, unter der Erde einen Stein suchen, zwischen den Beinen landen, aus Versehen die Mumu streifen. Wir wussten, dass wir uns verstecken müssen und dass nackt zwischen den Beinen Steine Suchen irgendwie nicht richtig ist, das war echt fast wie Sex. Irgendwann, wenn man erwischt wird und die Eltern schockiert und verunsichert reagieren, schämt man sich, man entwickelt diese Scham für seine Genitalien. Frauen fassen sich in der Öffentlichkeit nicht in ihren Schritt oder seltener, als Männer sich an die Genitalien fassen. Man weiß halt einfach, dass es nicht richtig ist.

Mein erstes Mal Sex normal war ziemlich Standard – langweilig. Denkt nicht jede das Gleiche? Nämlich: »Wie, das wars jetzt? Da macht Selbstbefriedigung mehr Spaß!« Natürlich hat es nicht lang gedauert, ich hatte mir viel mehr darunter vorgestellt. Mein erster Sex mit nem älteren Typen hingegen war geil. Ich 14, er angeblich 24, sein Name war Taylan. Ich hab meine Cousine Sezen und ihren Freund in ihrer Studenten-WG in Berlin-Kreuzberg besucht. Sie hat mir Kreuzberg gezeigt, ich fands toll. Ihr Mitbewohner Ömer, ein schwuler türkischer Student, der echt lustig war, hatte Besuch von seinem Kumpel namens Taylan, der aus beruflichen Gründen in Berlin war. Taylan. Mmh, der sah echt geil aus. Wenn meine Cousine keinen Freund gehabt hätte, wär bestimmt was zwischen den beiden gelaufen.

Mit 14 fand ich gut aussehende Typen auch noch nicht ausgelutscht und ungeil. Außerdem hatte er irgendwie ne krasse Anziehungskraft auf mich, na ja, auf jeden Fall haben wir gemeinsam im großen Wohnzimmer geschlafen; ich auf einer Matratze auf dem Boden, er auf der ausziehbaren Couch.

»Stört es euch, wenn ihr in einem Zimmer schlaft? Taylan schläft auf der Couch, und für dich hab ich die Matratze, Ayla?«

Ja, also *ich* hatte bestimmt kein Problem damit. »Wenns sein muss!«

Ich hatte irgendwie das Gefühl, Taylan würde mit mir flirten, er lächelte mich zumindest immer so an. Vielleicht war das aber auch nur Einbildung. Wir liefen uns in der Wohnung zwei, drei Mal übern Weg, jedes Mal wurd ich aufgeregt. Am Abend ist er dann mit dem Mitbewohner meiner Cousine ausgegangen. Ich ging schon so gegen zehn ins Bett, ich ließ das Licht neben dem Esstisch für ihn an. Nach drei bis vier Stunden kam er wieder, ich war noch wach.

»Bist du noch wach?«, fragte er. Hab so getan, als würd ich schlafen, hab ihm ganz lang nicht geantwortet, mich gefragt, was ich nun tun soll. Dann hab ich mich umgedreht, »bin noch wach«, in dem Moment zog er sein T-Shirt aus, stand im Unterhemd da. *Boa, was fürn geiler Oberkörper, so ... so was hab ich noch nie zuvor gesehen, nicht wie die Bubis bei uns in der Klasse ...* Ich war geil, wollte ihn anfassen – ging nicht, wollte mich anfassen, aber wusste nicht, wie ichs anstellen sollte, ohne dass er mich dabei sah. Er zog sich bis auf die Boxershorts und sein Unterhemd aus, knipste das Licht aus, »Gute Nacht!«, und legte sich in sein Bett. Meine Hand musste an meine Vagina, *jetzt sieht er mich nicht.* Aber ich hatte das Gefühl, dass er hört, wie sich die Decke bewegt, und ich passte auf jede kleinste Bewegung auf, bewegte meine Hand so langsam wie möglich, keine ruckartigen lauten Bewegungen, *oh Gott, ob er mein Atmen hört?* Mir kam es so vor, als würd das ganze Haus mein Atmen hören, ich musste meinen Atem anhalten, *ruhiger atmen, Ayla, ob er das bemerkt?* Mein ganzer Körper zitterte, mein Herz pochte; drehte mich um, gab ein Geräusch von mir, als würd ich schlafen. Nach einer halben Stunde fragte er mich räuspernd: »Bist du noch wach?« *Oh Gott, ich atme überlaut, bis ins andere Zimmer,* ich war so aufgeregt, unsicher, und es piepste nach fünf Minuten ein leises »Ja« aus mir heraus.

»Ich finds schön, dass wir uns kennengelernt haben, du bist echt ein nettes Mädchen.« Ich antwortete ihm ganz leise, irgendwas, hab mich nicht getraut, so laut zu sprechen. Ich hatte Angst, dass Cousine Sezen uns hört. Irgendwann meinte er: »Du, ich hör dich so schlecht.« Gott, war mir das peinlich!

Aber dann sagte er: »Warte, ich komme rüber.« Er kam rüber, und ich stand auf und setzte mich hin, weil ich erst dachte, er wolle sich weiter unterhalten. Ich war verwirrt, fühlte mich irgendwie ertappt. *Er will mich? Nee? Ja?*

»Nee, nee, bleib einfach liegen und rück ein Stückchen.« Er legte sich neben mich, mein Herz pochte, er hatte eine leichte Fahne, redete über irgendwas, was gar keinen Sinn ergab, versprach sich voll oft, wollte wohl irgendwie cool wirken und benutzte absichtlich »Jugendsprache«, was sich aber bei ihm sehr gewollt anhörte. Er behandelte mich wie ein kleines naives Mädchen, und ich spielte mit, *ist mir doch egal, ich will ficken, ich bin echt scharf auf ihn.* Ich dachte daran, wie es wäre wenn, und fragte mich, ob ich schon wieder zu laut atmete. Und ob er wohl unter der Decke spürte, dass mein Herz pochte. Hielt meine Luft an. Er redete weiter, und ich atme langsam leise aus. Irgendwann fing er an, meinen Kopf zu streicheln, geil, wie ich war, fasste ich ihm kurze Zeit später unter sein Unterhemd, weil ich seine Muskeln unbedingt mal anfassen wollte. Er redete weiter, immer blödsinnigeres Zeugs, ich hab ihn nicht verstanden. Irgendwas aufgeschnappt, irgendeinen Satz drausgemacht und wiedergegeben. Dabei hatte ich die ganze Zeit dieses peinliche Nachthemd von Snoopy an ... Dann hat er mich geküsst, so richtig ins Kissen reingedrückt, sein großer starker Körper beugte sich über mich.

Ich hörte seinen Atem lauter, tiefer, er zog mir mein Snoopy-Nachthemd aus, ich lag da – oben ohne, er kniete sich zwischen meine Beine, befreite sich von seinen Boxershorts, sein Schwanz zeigte auf mich, war steif, er bewegte ihn auf und ab, irgendwie fand ich das komisch, aber egal. Er lächelte, schob meine Unterhose zur Seite, drang ein und fickte mich, so hart, so krass, so bestialisch – das hatte ich vorher noch nie erlebt ... Klar hab ich mittlerweile schon besseren Sex gehabt!

Am nächsten Tag tat alles weh, aber es hatte sich gelohnt. Taylan stand morgens auf, entschuldigte sich super oft bei mir, *voll der Spinner,* und reiste nach dem Frühstück ab, sah mir kein einziges Mal mehr ins Gesicht. Ich dachte, Idiot, warum macht der denn jetzt so ein Drama draus? Ich habe ihn danach nie wiedergesehen. Meine Cousine hat es irgendwann rausgefunden und hat ebenfalls total überreagiert.

Danach hatte ich immer das Gefühl, sie habe was gegen mich in der Hand. Das bestätigte mich schon damals darin, dass Sex mit Leuten, die man kennt, beziehungsweise mit Leuten, mit denen man irgendwie sozial in Kontakt steht, scheiße ist, weil es im Nachhinein nur Probleme gibt.

10. Mai

Ich hatte wieder einen Traum. Ich war auf einem Bauernhof und sah zu, wie mein Mathelehrer sich von arabischen Hengsten rammeln ließ. Aber nicht, dass ich es geil fand oder so, es war einfach nur echt krass. Männer fuhren in ihren Limousinen vor den Reitstall. Ein Bauer kassierte am Eingang Tausende von Euro ab. Die Männer zogen sich aus und wurden von Angestellten der Pferdefickfabrik mit weiblichen Pferdehormonen eingesprüht. Die Pferde wurden geil, und es ging los, das große Pferdeficken. In Echt geht das in der Form bestimmt nicht. Da würde ja alles oben und unten reißen. Obwohl ich letztens einen Bericht in einer Zeitung über die Pferdevergewaltigungsmafia gelesen hab, die gibts tatsächlich. Reiche alte Säcke sprühen sich mit weiblichen Pferdehormonen ein und ficken mit den Pferden. Beziehungsweise lassen sich von den Pferden ficken. Das muss doch höllisch wehtun! Bei den Riesengliedern.

Ehrlich gesagt, weiß ich nicht, was dieser Traum über meine Psyche sagen soll, da ich das doch höchstwahrscheinlich wegen dem Artikel geträumt hab. Aber weshalb verarbeite ich so einen unnötigen Artikel, den jeder normale Mensch mit einem Lachen am Tage abgehakt hätte, in meinen Träumen?

*

Ich liebe es, morgens von der Sonne geweckt zu werden. Das ist der Vorteil, wenn man im zehnten Stock wohnt. Als ich aufstehe, habe ich das Bedürfnis, Fina und Joseph zu treffen. Der Gedanke an die Schule mit Micha, Lara und Hendrik kotzt mich einfach an. Aber da mir meine Eltern und meine Straße jeden Tag klarmachen, wie ich enden werde, wenn ich keine gute Schulbildung hab, entschließ ich mich doch, die ersten beiden Stunden zu Mathe zu gehen. Der Penner wird mir sonst ne Sechs reinwürgen und mir meinen Abschluss vermasseln.

Also sitze ich im Unterricht, schreibe ab, was an der Tafel steht, wippe nervös mit den Füßen rum und langweile mich. Es klingelt, und ich gehe allen aus dem Weg, schnell zur U-Bahn. Dann fahre ich auf die andere Rheinseite und setze mich ans Rheinufer auf die kalten grauen Steine.

Starre auf den Rhein, kann nicht verstehen, wie Leute sich in Badehose da reintrauen. Ich hab sowieso Schiss im Wasser vor Algen und Strömungen, die einen runterziehen können. Schwimmbäder hasse ich auch, seitdem ich als Kind mal im Chorweiler-Hallenbad ne Taucherbrille aufhatte und Schamhaare, Pflaster und Dreck auf dem Grund des Beckens entdeckt habe. Ich kann ohne Latschen nicht im Schwimmbad, geschweige denn in Duschräumen herumlaufen, ohne dass mir ein kalter Schauder über den Rücken läuft und mein Herz vor Ekel wie wild anfängt zu pochen, ich machs auch nicht.

Probiere immer mal wieder, bei Fina und Joseph durchzukommen, doch sie scheinen totale Quasselstrippen zu sein. Endlich. Ein Freizeichen, damit hatte ich schon gar nicht mehr gerechnet. »Hallo, hier ist die Ayla von MyLovleyChance.«

Eine freundliche, relativ hohe, piepsige Stimme antwortet mir: »Schön, dass du dich meldest, Ayla! Wenn du magst, kannst du gerne auf einen Tee zum Kennenlernen vorbeikommen. Wir würden uns freuen.«

»Cool, würd ich gern.« Und ich mache mich auf den Weg zu ihrer Wohnung in Derenfeld.

Hier in Derenfeld, in den schönen Altbauhäusern in der Friedelstraße, die in den Siebzigern von den Linken komplett besetzt wurden, wollt ich schon immer wohnen. Hausnummer 86, hier leben sie. Die beige Farbe der Außenfassade ist schon zur Hälfte abgeblättert. Wow, auf ihrer Klingel stehen sechs weitere Namen. Sie drücken auf, und ich gehe die knirschenden Holztreppen hoch. Die Wände sind in allen erdenklichen Farben gestrichen, mal mit Kinderhänden bedruckt, mal einfache Tags draufgekritzelt. Gott, sie scheinen im obersten Stockwerk zu wohnen, ich bin total außer Atem, bis eine Stimme irgendwo von unten ruft: »Ayla, hier wohnen wir«, und ich laufe die Treppen wieder zwei Stockwerke runter. Abtörn.

Sie entschuldigt sich, dass an ihrer Haustür kein Name steht. Ich komme rein, wow, diese Wohnung ist vollgestellt mit kleinen Kunstwerken – fast schon leicht messy – und riecht nach zehn auf einmal angezündeten Nullachtfünfzehn-Patschuli-Räucherstäbchen. Puh, so außer Atem ist der Geruch grad echt nicht das Richtige.

»Joseph bastelt die Marionetten hier selber, er ist Künstler. Und Puppenspieler.«

Ein ungefähr 1,90 großer Mann mit einer langen fettigen, ausgedünnten köterblonden Haarpracht, einem länglichen bubenhaften Gesicht, leicht geröteten Wangen und einer Nickelbrille (die mit den kleinen runden Gläsern) auf seiner viel zu großen geraden Nase kommt mir in einem gebatikten

Leinenanzug und braunen Birkenstocksandalen entgegen und reicht mir seine Hand. »Toll, dich kennenzulernen. Ayla, willst du einen Tee? Hab grad frischen Jogi-Tee da«, fragt er mich freundlich.

»Gern, Leitungswasser wär echt auch cool«, antworte ich immer noch voll außer Atem. »Coole Wohnung.«

»Ja, wir leben hier zu sechst in der Kommune, Ayla.«

»Ach, nennt ihr die WG ›Kommune‹?«

»Ja, das bedeutet, dass alles allen gehört und wir frei und in Frieden alles miteinander teilen.«

Und wir gehen weiter, den langen vollgestellten Flur entlang durch einen pink-grün-blauen Plastik-Blumenkettenvorhang in die Wohnküche. Die Küche ist gelb gestrichen mit ein paar roten Farbklecksern hier und da. Ich setze mich auf eine Kinobank und starre auf das Che-Poster an der Wand. Joseph reicht mir den Tee und ein Glas kaltes, gutes kölsches Kranwasser (Leitungswasser).

»Ja, Ayla, Ches Philosophie leben wir hier in unserer Kommune, wir arbeiten nicht für den eigenen Profit, sondern zum Wohle der Gemeinschaft, in der wir leben. Alles, was wir an Josephs Kunstwerken auf dem Flohmarkt verkaufen, fließt in die Kommune, das macht hier jeder, der etwas verdient«, erklärt mir Fina. Fina sieht im Gegensatz zu Joseph anders aus als auf ihren Bildern. Das Foto von ihr muss etwas älter gewesen sein, denn ihre roten Haare sind weniger rot, eher orange-grau, ihre Falten hat sie wohl auch wegretuschiert oder so, aber egal.

»Wie kommt so ein junges hübsches Mädchen in deinem Alter dazu, sich mit Menschen aus dem Netz zu treffen?«, fragt mich Joseph in einer übertrieben netten Tonlage. Wenn ich nicht wüsste, dass er bi ist, würd ich denken, er ist schwul. Dann schlägt er auch noch seine Beine übereinander!

»Ach, wissen Sie …«

»Bitte, meine Blume, nenn uns nicht ›Sie‹. Wenn du ›Sie‹ sagst, kommen wir uns so alt vor.« Mit »uns« meinte sie wohl sich und Joseph.

»Sorry, Fina, also, weißt du, die Jungs in meinem Alter sind mir zu normal. Außerdem denken die immer, sie könnten mich klarmachen, obwohl sie nichts draufhaben. Und wenn man sich doch so einen Typen nimmt, lassen sie danach dumme Machosprüche ab, erzählen herum, wie toll sie dich geknallt haben, obwohl sie die reinste Enttäuschung waren. Allein der Gedanke daran törnt mich ab …«

»Das ist nachvollziehbar, aber bist du dir denn ganz sicher, dass so was wie mit uns das Richtige für dich ist, Ayla?«

»Klar, sonst wär ich nicht hier, möchte alles mal ausprobieren. Ich finde da nichts Verkehrtes dran.«

»Nein, natürlich ist da nichts verkehrt dran, im Gegenteil, es ist wichtig, sich zu entwickeln, mit jedem Schritt zu seiner inneren Erkenntnis zu gelangen.«

Der Jogi-Tee ist lecker, eigentlich bin ich eher der Kaffee-Typ. Joseph raucht einen Piece-Kopf durch seine Minipfeife. Das riecht angenehm. »Willst du mal ziehen?«

Ich hole mein Tütchen mit Gras raus. »Kann gern nen richtigen Joint mit Gras bauen, wenn ihr wollt?«

»Wir rauchen kein Gras, das ist uns zu stark, früher war das nicht mal halb so stark wie heute.«

Aus einem anderen Zimmer höre ich Zupfklänge einer indischen Sitar, sie empfinden das wohl als spirituell bereichernd. Ich fühle mich wohl, keine Konventionen, keine

Zwänge, keine Bedenken, kein Druck, keine Peinlichkeit. Fina fängt an, wie in Trance um uns herumzutanzen und sich von ihren Klamotten zu befreien. Weder ihre Scham- noch ihre Achsel- und Beinhaare sind rasiert.

»Körper und Seele im Einklang, Entspannung, Ayla«, flüstert sie mir immer wieder zu. Und Joseph massiert mir meinen Kopf. Hui-jui-jui – das tut gut. Er kniet sich auf den Boden vor dem Stuhl, auf dem ich sitze, und zieht mir langsam meine Hose aus. Ich befreie mich von dem Rest und sitze leicht verkrampft da. Es ist ein komisches Gefühl, von Fina beobachtet zu werden, bis sie sich von hinten nähert, meine Schultern massiert, mich zärtlich hinters Ohr küsst und mir zuflüstert: »Lass los, Ayla!«

Es fällt mir erst schwer, es nicht komisch zu finden, doch je mehr ich mich ihnen hingebe, desto mehr lasse ich los, desto freier fühle ich mich, desto weniger rast mein Herz. Diese Leichtigkeit, Fina streichelt mich, gibt mir einen liebevollen Kuss auf die Wange. Normalität. Ich hör Schlüssel klirren, jemand lässt die Tür ins Schloss fallen. Zwei Typen kommen in die Küche, mein Herz pocht schneller, ich reiße kurz meine Augen und Nasenflügel auf, schon ist Fina da. »Keine Angst, Ayla«, flüstert sie mir zu, »ist schon okay, keine Angst.«

Die Kommunen-Mitbewohner kommen in die Küche, grüßen mit ihren Blicken und machen sich nen Tee. Sie setzen sich an den Esstisch und nippen an ihren Tassen, während ich an Josephs Schwanz rumspiele und er zärtlich meinen Kopf streichelt. Ab und zu fährt Fina mir durchs Haar. »Lass los, Ayla. Fühl dich frei.«

Ich tus ja, wirklich, ich habe mich noch bei keiner sexuellen Begegnung so frei gefühlt. Komme mir vor wie in den

68ern. Es gibt wirklich nichts und niemanden in diesem Zimmer, der ein Ungleichgewicht schafft und mein Gewissen aufruft, von diesem Ort zu verschwinden. Ich fühle mich als ein Teil von etwas Positivem. Die beiden Mitbewohner ziehen sich aus, einer steuert auf Fina zu und leckt sie am Hals. Wow, die scheinen hier echt alles zu teilen. Der andere setzt sich nackt im Schneidersitz auf den Tisch und meditiert. Es ist alles im Einklang.

»Das sind Bernd und Albert«, stellt mir Fina die beiden vor. Albert mit seiner pelzähnlichen Brust- und Rückenbehaarung lächelt mich kurz freundlich an und saugt weiter an Finas Brüsten.

Ab und zu kitzelt meine Muschi, die Nippel werden steif; ab und zu beobachte ich Fina und Albert, sitze einfach nur da, lass mich von Joseph lecken, während ich an meinem Joint ziehe, und eine Stimme wie die von Björk beginnt zu singen, wenn man diese extraschiefen Töne überhaupt »Singen« nennen kann. Fina fängt wieder an, wie in Trance ihre Arme, ihren Körper und den Kopf zur Melodie zu drehen; ihre Fußkettchen schwingen dabei im Rhythmus um ihre zierlichen Beine.

Ich stehe auf, gehe zu Bernd, beuge mich über den Tisch und nehme seinen Schwanz in meinen Mund. Plötzlich spüre ich eine Zunge an meiner Arschritze, sie kreist sanft umher, dringt ein, fühlt sich ganz gut an, kitzelt ein wenig, wie das wohl schmeckt? Bernds Schwanz zumindest schmeckt leicht säuerlich. Joseph kommt mit einer Bongo ins Zimmer und trommelt einen wilden Rhythmus, er wird immer schneller, Bernd spritzt mir ins Gesicht. Fina steckt sich einen mit Peacezeichen bedruckten Doppeldildo in die Muschi und bietet mir die andere Hälfte mit einem abwesenden Lächeln an. Ich stecke ihn dankend rein.

Unsere Körper treffen sich mit jedem Bongoschlag, und ich komme, nehme den Dildo raus, bin erschöpft, war das geil. Ich muss erst mal aufs Klo, habe Schweiß und andere Körperflüssigkeiten von vier Menschen an mir kleben.

Auf dem Klo hängt ein zwei mal drei Meter großes Frank-Zappa-Poster in Schwarzweiß, er sitzt auf der Toilette und starrt mich an. Ich bin k. o., mache meine Katzenwäsche und setze mich anschließend wieder in die Küche. Die Männer sind wieder zugange, und ich unterhalte mich noch ein Weilchen mit Fina.

Auf dem Nachhauseweg schlendere ich zur Bahn und denke über Finas Worte nach. »Deine Erfahrungen können dich nur bereichern und zu deiner richtigen Erkenntnis bringen.«

Das gibt mir zu denken und bestätigt mich darin, mich diesmal nicht schlecht zu fühlen, und ich sage mir, Ayla, du wirst herausfinden, was das Richtige für dich ist.

Fina und Joseph haben mich schon sehr beeindruckt. Wär ich doch in den Fünfzigern geboren, dann hätt ich die 68er miterlebt! Das wär auf jeden Fall ne coolere Zeit für mich als heute. Da konnte man wenigstens noch rumficken, ohne sich danach schlecht zu fühlen, schließlich haben sie es doch alle getan. Langsam reicht es mir mit dem Schlechtfühlen. Fina hat recht, würde ein Mann sich nach dem Sex schlecht fühlen, obwohl er niemanden betrügt? Nein, also.

*

Zu Hause angekommen, seh ich auf meinem Handy 22 Anrufe in Abwesenheit von Peter. Gott sei Dank hatte ich mein Handy auf lautlos, und meine Mutter ist nicht rangegangen. Peter nervt. Ich schreib ihm ne SMS zurück: »Lieber Peter, es war zwar ganz nett, aber ich glaub, ich möchte mich nicht mehr mit dir treffen. Ich wünsch dir noch alles Gute, Ayla …«

Denk wieder über diesen Esoterikkram nach und google »Erkenntnis richtig handeln«. Ein Artikel über Sokrates erscheint, der gesagt hat, dass »die richtige Erkenntnis zum richtigen Handeln führt«. Verwirrung – und woher soll man jetzt wissen, was die richtige Erkenntnis ist?

Als ich mich so frage, ob Fina sich geirrt haben könnte, und weiter im Text nach Antworten suchen will, ruft meine Mutter mich und fragt, ob ich Lust hätte, mit ihr *karnıyarık* zu kochen. Ich gehe zu ihr in die Küche. Früher mochte ich das Essen aus dem Kindergarten lieber, aber jetzt kann ich das nicht mehr nachvollziehen. Kartoffelbrei und Buttergemüse ist nicht halb so gut wie *karnıyarık* (Aubergine mit Hackfleisch gefüllt) und *pilav* (Reis). Ich schneide die Zwiebeln, meine Mutter brät die Auberginenhälften an.

Ich frage sie neugierig: »Woher wusstest du, dass Papa der Richtige für dich ist? Ich seh euch nie knutschen, bist du noch in ihn verliebt?«

»*Tabii ki, babanı seviyorum* (natürlich liebe ich deinen Vater), Ayla, sonst wäre ich nicht mit ihm zusammen.«

»Aber im Streit sagst du voll oft, dass du nur mit ihm zusammen bist wegen uns.«

»*Canım,* mein Herz, ich würde alles für euch tun. Manchmal sag ich Dinge im Streit, die ich nicht so meine, ihr und euer Vater seid mein Ein und Alles.«

»Und wie seid ihr zusammengekommen?«, frage ich sie, und meine Augen tränen von den Zwiebeln. Sie erzählt mir auf Türkisch, dass sie, als sie 17 war, in einem kleinen Dorf in der Nähe von Istanbul gelebt hat. Ich habe vorher nie wirklich nach der Familie meiner Mutter gefragt, zumindest kann ich mich nicht daran erinnern. Es ist für mich normal, dass ich sie nicht kenne. Ich weiß, dass sie irgendwo in der Türkei leben, aber nicht, warum meine Mutter keinen engen Kontakt zu ihnen hat.

Früher sind wir in den Schulferien immer nach Berlin zu meinem Onkel Harun und meinem Onkel Ahmet, den Brüdern meines Vaters, zu Besuch gefahren. Ich mochte es, Zeit mit der Familie zu verbringen, und Kreuzberg fand ich auch immer cool. Seit ich zwölf war, wollt ich dann nur noch die sturmfreie Bude nutzen und bin zu Hause geblieben, statt meine Familie zu besuchen. Fünf Jahre ist es her, dass ich sie besucht hab, aber zurück zu meiner Mutter …

Als meine Mutter an einem sonnigen Tag mit den Tomaten, die sie in ihrem Rock trug, vom Feld kam, begegnete ihr ein Mann, der gerade von einem Traktor gestiegen war. Mein Vater. Er fragte sie, wo das nächste Dorf in der Nähe sei und ob es dort ein *bakkal* oder Café zum Telefonieren gäbe.

Leyla, meine Mutter, schaute schüchtern zu Boden und zeigte mit dem Finger in Richtung ihres Dorfes, ihres Zuhauses. Ihr war es nicht gestattet, mit fremden Männern zu reden. Sie musste kein Kopftuch tragen, sie trug trotzdem ein Tuch locker um den Kopf gebunden, nicht um die Haare zu verdecken, sondern wegen der Hitze auf dem Land. Im Sommer musste sie immer auf dem Feld arbeiten.

Dann ging sie weiter. Mein Vater schrie ihr hinterher: »*Adınız ne?* (Wie heißen Sie?)«

»Leyla«, antwortete sie. Und fragte ihn – für ihre Verhältnisse – relativ frech, was er denn hier mache und wie er denn heiße. Er erzählte ihr, dass er auf der Flucht vor den Soldaten sei.

»Davon habe ich bereits gehört, hier kriegen wir davon kaum was mit«, antwortete Leyla und fragte neugierig: »Sind Sie einer der Studenten? Warum bringt ihr euch dort gegenseitig um?«

Er erzählte ihr, dass die Studenten in der Stadt revoltierten, weil sie unzufrieden mit den Verhältnissen seien. Dann fragte er sie nach einem Versteck, vielleicht in einer Scheune, wo er die Nacht verbringen konnte.

Doch meine Mutter wusste, dass ihre Familie nichts von einer Revolte hielt, für sie waren die Studenten und Staatsgegner nur Störenfriede. Sie schlug meinem Vater einen Ort am Bach vor, wo kaum jemand vorbeiging, und er dankte ihr, sie verabschiedeten sich.

Sie ging gedankenversunken nach Hause und musste den ganzen Abend an diesen Fremden denken. Sie konnte nicht schlafen, also stieg sie aus ihrem Fenster, schlich über den Hof und ging zum Bach hinunter, um zu schauen, ob er tatsächlich dort übernachtete. Hätte ihr Vater sie erwischt, hätte er sie windelweich geprügelt, aber das war ihr egal.

Sie wollte mehr über die Revolten und die Verhältnisse in der Großstadt wissen. Sie war noch nie in Istanbul gewesen. Er erzählte ihr vom Recht auf freie Meinungsäußerung, den Menschenrechten, den Revolten in Frankreich und der Emanzipation. Sie war traurig und begeistert zugleich.

»Und wohin willst du nun?«, fragte sie ihn.

»Ich werde über Bulgarien, Rumänien, Ungarn, Tschechien nach Deutschland gehen. Wenn ich hierbleibe, werde ich sterben. Der Staat will, ob links oder rechts, alle verhaften.«

»Nimm mich mit!«, bat ihn meine Mutter.

»Nein, bei mir bist du nicht sicher, Leyla, ich kann dir das nicht zumuten.«

»Nimm mich mit, ich will nicht hierbleiben, bitte, sonst muss ich für immer hier leben und meinen Cousin Hassan heiraten! Bitte, koste es, was es wolle, Kerim, *lütfen* (bitte)!«

»Wie du siehst, Ayla, hat er mich mitgenommen«, beendet meine Mutter die Geschichte. Und an dieser Stelle lacht sie, macht eine Pause und erzählt weiter: »So einen Mann wie deinen Vater hatte ich noch nie getroffen. Nun stehen wir hier, Ayla, und ich bin glücklich, dass ich hier bin. Und ich wünsche dir auch, dass du irgendwann mit jemandem glücklich bist.«

Ich grinse und denke mir im gleichen Moment: Oh mein Gott, ja, das ist romantisch, aber meine Geschichte kann niemals so aussehen, und dafür schäm ich mich ein bisschen. Was soll ich später meinen Kindern erzählen? Gangbang-Geschichten? Nie im Leben! Bin ich überhaupt fähig, auch so was zu empfinden? Vielleicht hätte man mir wie ihr mehr verbieten sollen, dann wär ich wenigstens normal geworden. Scheiße.

Zurück auf meinem Zimmer will ich weiter Sokrates googeln, schau auf mein Handy und sehe, dass ich zwölf neue Anrufe in Abwesenheit und zwei weitere SMS erhalten habe, alle von Peter. Abtörn, jetzt stalkt der immer mehr. Ich öffne eine der SMS, wo drinsteht: »Ayla, melde dich. Peter.«

Die zweite: »Ayla, sei vernünftig, melde dich!«

He? Okay, ich ruf ihn an, was geht denn mit dem ab? Es klingelt. »Ja, hallo.« Pause.

»Ehm, was soll das alles?«, frag ich ihn und ich hör nichts, bis auf ein leises Atmen.

Danach hör ich nur ein unsicheres »Hallo?«.

»Ja, hallo!«, antworte ich ungeduldig.

»Wie gehts?«, fragt er mich freundlich.

»Was willst du?«

»Ich will wissen, wie es dir geht? Was machst du?«

»Warum rufst du mich die ganze Zeit an, Alter?«

»Was ist los? Hat es dir nicht gefallen?«

»Nee, ich hab keinen Bock mehr, hab ich dir doch in der SMS geschrieben, Alter!« Und ich leg auf, natürlich klingelt es zehn Sekunden später wieder.

»Waaaas ist? Verpiss dich, hör auf, mich anzurufen!«, schrei ich wütend in den Hörer.

Doch er reagiert nicht. Ich hör ihn atmen, und dann sagt er weder freundlich noch unfreundlich, einfach nur nüchtern: »Ich hab uns beim Sex gefilmt.«

Ich bin sprachlos. Ein Psychopath. Scheiße. Wieso muss mir immer so was passieren?, bemitleide ich mich und will nicht in den Hörer weinen, kann nichts sagen.

»Bist du noch dran?«, fragt er, und ich nehme all meinen Mut zusammen und antworte ihm wütend und arrogant: »Ey, weißt du, wer ich bin? *Ich* gehöre zu der türkischen Mafia-Familie aus Köln, mein großer Bruder findet das bestimmt nicht lustig, vielleicht macht er dich sogar kalt, wenn er weiß, dass du mich angefasst hast, wehe, du stellst was ins Internet. Ich schwöre dir, dann bist du tot!« Aufgelegt.

Scheiße. Was soll ich tun? Ich hab keine großen Brüder, die ich fragen kann oder die jemanden töten. Ich bin am Arsch. Scheiße. Okay, ich sollte mich beruhigen, vielleicht kann ich Sammy anrufen – nein, ich kann dem das nicht erzählen! Obwohl, das mit Lara hat er auch locker genommen. Ich hab Angst. Rufe an. Es klingelt.

»Sammy, hi, ich bins, Ayla.«

»Hey, Ayla, was geht?« Ich höre Stimmen im Hintergrund.

»Ähm, hast du grad Besuch?«

»Ist der Fernseher, warum?«

»Ich weiß nicht, wo ich anfangen soll.« Pause.

Zwölf Sekunden später: »Was denn, Ayla?«

»Also. Ich, ähm, ich, ähm, hab mich mit so nem Typen aus dem Internet getroffen und ähm …« Pause.

Nach zehn Sekunden Stille: »Was, Ayla?« Pause. »Lass mich raten, du hattest was mit ihm?«

»Ja!« Ausatmen. »Der fuckt mich jetzt ab, will mich erpressen, ähm, ja.«

»Womit?«

»Mann, womit wohl!«

»Scheiße, was hast du mit dem gemacht?«

»Ist doch jetzt egal, der Wichser droht mir damit, das Video ins Netz zu stellen, ich hab ihm mit meinen Brüdern gedroht, die ich nicht hab. Scheiße. Ich muss diese Aufnahmen vernichten, sonst bin ich für immer die Olle von YouPorn, die mit dem alten Sack gefickt hat!«

»Du hast was? Wie alt?«, fragt er und lacht.

»Boa, Sammy! Voll asi. Lach nicht!« Pause. »So um die fünfzig.«

»Waaas?« Pause »Krass!« Er lacht erneut.

»Sammy, Mann! Was soll ich jetzt tun?«

»Okay, ist ja okay, Ayla, ich helf dir natürlich.« Er lacht wieder. »Ich muss mich erst mal einkriegen. Eh, wir kriegen das schon hin. Wo wohnt der denn?«

»In Krechsdorf, ich hab keinen Plan, wie wir an das Video kommen können.«

»Okay, Ayla, jetzt mal Klartext. Wie hat der das gefilmt, und was will der überhaupt von dir?«

»Der Penner wollte mich öfter sehen, und als ich ihn abserviert hab, hat der angefangen zu stressen, und jetzt behauptet er, den Sex heimlich gefilmt zu haben. Kein Plan, wo da ne Kamera gewesen sein soll, da hätte überall ne Minikamera versteckt sein können!«

»Na, vielleicht blufft er ja nur?«

»Und wenn nicht?«

»Ja, dann ists scheiße!«

»Also, was sollen wir tun?«

»Wo wohnt der genau? Am besten, wir gehen zu dem nach Hause.«

»Ja, und dann überraschen wir ihn und schlagen ihm mit irgendwas auf seinen Kopf und fesseln ihn, und dann zwingen wir ihn, das Video rauszurücken!!!«

»Du hast wohl zu viele Actionfilme geguckt, Ayla!« Er lacht schoooooon wieder.

»Wie denn sonst?« Jetzt kann ich auch wieder grinsen.

»Wir sagen ihm, dass du erst 14 bist und zur Polizei gehst und sagst, dass er dich gezwungen hat, diese Aufnahmen zu machen. Kinderpornografie wird bös bestraft, glaub ich.«

»Nein, nicht die Bullen, und außerdem seh ich doch nicht aus wie 14!«

»Gut, wenn der uns das nicht abkauft, hauen wir ihm die Basie auf den Kopf.«

»Okay. Gleich morgen Mittag, ja?«

»Ja.«

Aufgelegt. Eigentlich müsste ich jetzt glücklich sein, weil Sammy mir hilft, aber ich kann nicht.

*

Trauer. Frau Therapeutin, ich kann Ihnen nicht erzählen, dass ich mich in einen Kerl verliebt hab, für den ich Kokain aus Brasilien geschmuggelt hab und erwischt wurde, dass ich mich in einen Kerl verliebt hab, der mich zum Anschaffen zwingt, mein Vater mich gefickt, meine Mutter mich krankenhausreif geschlagen hat, ich bin nicht auf Hero, und ich hab kein Aids. Ich kann Ihnen nicht erzählen, dass ich ein Kopftuch tragen muss, ich kann Ihnen nicht erzählen, dass ich zu einer Zwangsehe verdammt bin, ich kann Ihnen nicht erzählen, dass ich mir nicht über mein Handeln bewusst bin. Ich habe keine soziale Erklärung für mein Verhalten. Scheiße! Ich bin frei und selbst schuld, dass ich sexuell so aktiv bin und mich in diese Lage gebracht habe. Mein Verlangen und meine Neugier treiben mich, das zu tun, aber momentan weiß ich nicht mehr, ob es das Richtige ist für mich. Andererseits würden Menschen wie Fina und Joseph so etwas niemals bringen. Was ist, wenn was schiefläuft mit Peter, wenn Sammy nicht da wär, damit hätt ich mich selbst sozial vernichten können.

*

Ich war 14 und wusste natürlich bereits, dass an der Muschi Rumspielen was mit Sex zu tun hat. Wir hatten Wochenende, meine Eltern waren weg und Sinan schon im Bett. Ich habe mir *Psycho* von Alfred Hitchcock auf einem privaten Sender angeschaut.

In den Werbepausen kamen um die Uhrzeit nur noch 0190-Werbesendungen für Telefonsex. Irgendwie war ich neugierig, und es machte mich auch ein bisschen an, also dachte ich mir, was ist schon dabei?, ich ruf mal an. 100 Cent die Minute ist zwar ein bisschen viel, aber na ja. Die erste Minute war ein Band dran, eine Frauenstimme, die mich heiß machen sollte, die zweite Minute auch, langsam wurde mir das zu teuer, und ich legte auf. Das war nicht geil, ich hatte Angst, dass meine Eltern das auf der Telefonrechnung sehen würden, also schaute ich mir einfach nur noch die Clips an und befriedigte mich.

Aber der Wunsch nach Telefonsex verging nicht. Ungefähr ein Jahr später hab ich dann im Stadtmagazin Anzeigen mit Chiffrenummern von realen Menschen, die Telefonsex haben wollten, gesehen und habe mir das zu einer Fantasie gemacht. Vorletztes Jahr, als ich endlich Internet in meinem Zimmer hatte, hab ich mir die »Er sucht Sie«-Anzeigen mit angegebener normaler Telefonnummer herausgesucht und angerufen.

Selbstbefriedigung hat mich gelangweilt, Telefonsex war geil, sprachlich und gedanklich visueller Telefonsex, Dirty Talk wie: Du bist im Swingerclub-Darkroom an eine Wand gekettet, es berühren dich zwei Hände, es berühren dich vier Hände, sechs Hände; ein Schwanz in den Arsch, Fotze, Mund.

Abtörn sind verzweifelte Singles beim Telefonsex, die sich eine neue Partnerschaft wünschen, und du merkst schon, es geht ihnen nicht nur ums Bumsen, weil sie dich gleich auf einen Kaffee privat, zum Kennenlernen, treffen wollen.

Am Anfang lernt man sich erst kennen (Wo bist du grad? Was machst du grad?), dann kommt irgendwann der geile Unterton, langsam wirds heiß, nicht plump, sonst ist es viel zu kurz bei den Männern: Was hast du an? Wie groß ist dein Bett? – Okay, jetzt kann man ein bisschen mehr wagen: Du hast doch nicht nur einen Schlafanzug an, was trägst du drunter? Wo sind deine Hände? – Ich leck dich die Wade entlang hoch bis unter die Kniekehle, hoch bis an deinen Arsch, zieh deinen Slip aus. Spürst du, wie mein Atem immer näher an deinen Bauchnabel oder Schwanz oder Fotze gerät? – Dann gehts wieder eine Stufe härter: Ich will, dass du dir deinen Mittelfinger bis zur Hälfte in deinen Arsch steckst – ein Verstummen, leises Atmen – oh, ich komme, ach du Scheiße, nach dem Kommen zwei bis drei Minuten Small Talk, runterkommen, Kippe rauchen, oder er fängt noch mal neu an wie: Dann führ ich dich in eine Bar, starr auf deine Titten, jeder sieht deine geilen Titten, ein Typ kommt rein, guckt dich an, guckt mich an, ich nicke, er geht in die Knie und fickt dich in deinen Arsch von hinten, ein zweiter kommt, ein dritter ...

Leute, die Telefonsex-Orgasmen vortäuschen, sind kacke, das merkt man, es ist unangebracht, es muss sich entwickeln, damits geil wird, das dauert manchmal bis zu ner halben Stunde oder Stunde. Telefonsex ist eine wahre rhetorische Kunst ... Man lernt Leute kennen und einzuschätzen, teilt die verrücktesten Fantasien, man kennt ihre intimsten Gedanken und sonst nichts. Ich bekam ziemlich schnell Angebote, mich mit den Typen real zu treffen, doch ich hatte am Anfang noch zu viel Angst, dass das irgendjemand herausfinden könnte, ich hatte keine Angst vor dem, was passieren würde. Irgendwann hab ich mich dann überwunden und Leute außerhalb von Köln getroffen.

Ich nahm mir das, was ich wollte; wenns mir zu blöd wurde, bin ich einfach gegangen. Gestern dachte ich noch, ich sei immer unabhängig geblieben, weil ich nie was angenommen hab, womit ich mich verpflichtet hätte. Aber diese Rechnung geht anscheinend nicht auf. Jetzt nervt Peter. Scheiße. Hoffentlich nimmt das morgen ein gutes Ende! Echt cool, dass ich Sammy das anvertrauen konnte. Zieh noch zwei, drei Mal heimlich am Joint und geh schlafen.

11. Mai

Ich konnte kaum schlafen. Natürlich hab ich von Peter geträumt, seine Wohnung war ein altes, leeres, verdrecktes Hallenbad, überall hingen Kameras und Bildschirme. Peter in Badelatschen, sonst komplett nackt, saß auf dem Zehner vorm Schwimmbecken. Er schrie zu mir herab: »Ayla, du hast drei Türen«, und er lachte echt böse und lang.

»Was für drei Türen?«, fragte ich, und dann fiel ich einfach so in den Abgrund, der sich plötzlich vor mir auftat. Ich bekam keine Antwort. Ich bin ganz schön lang gefallen, aber nicht angekommen. Jetzt bin ich wach und schlecht gelaunt.

*

Auf dem Weg zu Peter. 13:00 Uhr Treffen mit Sammy S-Bahn Haltestelle Friedenlaub. Fahre mit der S-Bahn, und Knorkator läuft auf meinem MP3-Player. Innerlich sing ich mit: »... Doch es siegt jener Teil in mir, der mich immer weiter zieht ... Zeig mir den Weg nach unten, ich ha-sse den Tag, ich ha-sse das Licht. Zeig mir den Weg ins Dunk-le, wo Einsamkeit herr-scht, kein Sp-iegel für mein Ge-sicht.«

Doch mein innerliches, wirklich nicht dramatisches Singen wird von zwei Mädels unterbrochen, die sich neben mich in die S-Bahn setzen, eine »hässliche« und eine »schöne« Blondine. Die »hässliche« scheint die »schöne« zu bewundern, lacht über jeden Kackwitz, den die andere macht.

Gott, sie hören nicht auf zu gackern. Mein Kopf dröhnt. Ich hab letzte Nacht kaum geschlafen, und mein genervter Blick scheint die blöden Ollen nicht zu beeindrucken, sie lachen schamlos laut weiter.

»Jaaaa, voll krass«, erzählt die »Schöne«, die Weißblonde, Rotverstrahlte, »der hat mir doch tatsächlich ne Fake-Dior-Kette geschenkt. Die ist nichts wert, hat er wahrscheinlich vom Türkenmarkt. So einen Scheiß kannst du nicht mit mir machen, hab ich ihm dann gesagt ...«, und die »Hässliche« lacht ganz begeistert.

»Ehrlich gesagt, ich steh sowieso ein bisschen auf Erik, *er* würde mir niemals ne billige Marktkette schenken.« Die beiden lachen weiter – wann hören die auf? Die haben ja krasse Probleme, denk ich mir und stelle den Player lauter. Doch ich höre sie immer noch. Nerv. Sie hören nicht auf zu reden. Nerv. Ob ich das auch wirklich mit meinem Gesichtsausdruck richtig zeige?

Ich stelle den MP3-Player noch lauter, bis mein Trommelfell fast platzt ...

Endlich, Endhaltestelle, aber es ist noch kein Sammy in Sicht. Rauche drei Kippen hintereinander, bis er endlich da ist. Sammy hat eine neue Idee für den Überfall. Joa, die hört sich recht plausibel an. Wir klingeln, und Peter drückt auf. Als wir vor seiner verschlossenen Wohnungstür stehen, klingele ich erneut. Wie besprochen, stehe ich allein vor Peters Tür, Sammy schmiegt sich so eng wie nur möglich an den Eingang der Nachbarwohnung, mit dem Baseballschläger in der Hand.

Peter macht auf und fragt überrascht: »Ayla, ich dachte, du kommst nicht? Na, das freut mich aber.« Zu früh gefreut.

Ich grinse ihn an und trete etwas zur Seite, dann kommt Sammy und stößt Peter mit dem Baseballschläger genau auf die Nase. Knack. Das Blut strömt nur so aus seiner Nase, er versucht, die Strömung aufzuhalten, geht einen Schritt zurück und fällt in den Eingang seiner Wohnung. Plopp, wabbel, Hemd voll Blut.

»Scheiße, Sammy, du hast ihn doch nicht umgebracht?«, frage ich erschrocken.

»Quatsch.« Er scheint sich aber nicht hundert Pro sicher zu sein, schaut Peter prüfend an.

»Okay, na gut, wir müssen den Fettsack schnell in die Wohnung schleifen, ehe ein Nachbar kommt und die Bullen ruft oder so!«, antworte ich aufgeregt.

Es ist sehr mühselig, den fetten Sack den Flur entlang ins Wohnzimmer zu schleifen. Gott sei Dank ist er schnell wieder bei Bewusstsein, so dass er sich allein auf den Stuhl setzen kann, an dem Sammy seine Hände und Beine mit Teppichklebeband befestigt. Peter ist zu schwach, um sich zu wehren; der Arme, das muss echt wehgetan haben.

»Ich hab dir doch gesagt, du kannst mir nicht einfach drohen, Alter!«, sage ich, äußerlich rechthaberisch, innerlich erleichtert. »Wo hast du Wichser die Kamera versteckt, he?« Und ich gehe zu seinem Wandschrank und werfe all die toten Tiere auf den Boden. »Wooo?«, frage ich ungeduldig und laut. »Wo ist die Kamera? Und wo sind die Videoaufzeichnungen, he?«

Ich muss kurz lachen, weil ich mir tatsächlich wie in einem Action-Film vorkomme.

»Da auf meinem PC, Ayla«, nuschelt er leise vor sich hin.

»Verfickt, wo ist dein Scheiß-PC?«

»Im Zimmer.« Da er mir immer nur in Bruchstücken antwortet, weil er anscheinend zu viel mit sich selbst beschäftigt ist, gebe ich auf und laufe durch die Wohnung, schaue ins Schlafzimmer, in die Küche, und da steht sie, die unheilbringende Kamera, auf einem alten Computer-Bildschirm auf einem Schreibtisch in einer kleinen Kammer neben der Küche.

Peter erklärt uns, wo er die Aufnahmen gespeichert hat. Wir sind gerade dabei, sie zu löschen, da fragt mich Sammy: »Kann ich die nicht mal vorher sehen?« Er lacht, als würde er es nicht ernst meinen.

»Soso, findest du das also geil, ja?«, frage ich ihn halb ernst, halb ironisch.

»Also, das mit Lara war geil, Alter. Ich weiß ja nicht, was mit dem Sack so abgegangen ist!«

Ich antworte Sammy nicht, klicke auf »Delete«, und wir gehen wieder zu Peter ins Zimmer.

Ich gebe Peter ne leichte Ohrfeige und sage: »Du Arschloch, das hast du davon!« Doch er grinst. Ich stelle mich vor Peter zwischen seine Beine und geb ihm erneut eine Ohrfeige. In seiner Hose tut sich was, und eine Mischung aus Geilheit und Wut übermannt mich, ich geb ihm noch eine Ohrfeige, diesmal fester. Nicht wirklich beabsichtigt strömt nun das Blut wieder aus Peters Nase, Peter stöhnt. Eher vor Geilheit als vor Schmerz. Ich reibe meinen Schritt an sein Bein und presse meinen Busen an seine Wange. Jetzt sieht mein weißes T-Shirt rot gebatikt aus, und ich denk kurz, wie willst du das zu Hause erklären? Und schau dann zu Sammy, er beißt sich auf die Lippe, starrt mich an, als ziehe er mich mit seinen Blicken aus, geil, und ich zieh mein T-Shirt und

BH aus, verreibe Peters Blut auf meiner Brust, streichel meine Brüste, und Sammy öffnet seinen Reißverschluss.

Setze mich auf Peter und verschmiere weiter sein Blut im Gesicht und auf meinem nackten Oberkörper. Öffne Peters Reißverschluss, mach mir nicht die Mühe, ihn richtig auszuziehen, hol seinen Schwanz raus und steck ihn in meine Fotze. Peter stöhnt laut, und ich suche Sammys Blicke, ich weiß nicht, ob es Sammy anwidert oder geil macht oder beides.

Ich versuche, seinen Blick zu deuten: Abscheu, Geilheit, Geborgenheit, keine Ahnung, ich drehe mein Gesicht wieder vor Peters, schaue ihn kurz an, schau zu Sammy, schau zu Peter und bleib bei Sammys besessenem Blick hängen. Sammy ist der erotische Faktor und Peter nur der Schwanz, der in mich eindringt. Als Sammys Blicke sich kurz von mir lösen, kann ich nicht mehr einordnen, ob er mich mit ihnen verurteilt oder begehrt. Er blickt mir wieder in die Augen, ein leichtes hämisches Grinsen, seine Hand wird schneller, und er kommt. Ich stehe auf, verzichte auf meinen Orgasmus, lasse Peter da stehen, gehe zu Sammy und wische zärtlich etwas Restwichse von seinem Knie ab, schmiere die Wichse auf das Sofa, wir reden nicht, schauen uns nur verschwitzt an. Dusche noch, ziehe mir ein weißes Riesen-XXL-T-Shirt von Peter an, und wir machen uns auf den Weg.

Im Treppenhaus geb ich Sammy noch einen freundschaftlichen Kuss auf die Wange und sage: »Schwör, dass du das keinem weitererzählst, ja?«

»Quatsch, Ayla, Mann, was denkst du von mir? Hab ich das mit Lara weitererzählt? Ich fands geil, Alter, das wars.«

»Cool, ich auch!«

Wir laufen die Straße runter zur S-Bahn, und ich bin noch mit zu Sammy. Ich kann und will nach so einem krassen Erlebnis nicht alleine sein. Bei Sammy gammeln wir erst rum und schauen fern, ich nehm mir das Blackbook von seinem Tisch. »Darf ich mal reinschauen?«

»Ja, klar«, und er zeigt mir seine Graffiti, er malt wirklich gut, einen bunten Mix aus comicartigen Gestalten, realistisch gezeichneten Menschen und schrägen Schriftzügen.

»Wenn du willst, tagge ich mal ›Ayla‹ auf ne Wand?«

»Cool«, grins, fühle mich wohl, obwohl da mehrere Namen in verschiedenen Styles stehen und ich mir vielleicht nicht so viel drauf einbilden sollte. »Eh, danke für das Ayla-Tag übrigens.«

»Ach, das war nur gekrakelt, ich spray dir mal ein richtiges.«

»Cool«, grins. Wir reden nicht mehr großartig über das Peter-Ereignis, gucken stattdessen die erste Staffel *Sopranos*.

Bin eingeschlafen, als Tony, der »Pate«, grad bei seiner Psychologin ist, träume, dass ich auf der Couch seiner brünetten Psychologin sitze und ihr erzähle, was mit Sammy und Peter passiert ist. Sie hört mir lang zu und antwortet: »Hört sich so an, als wollten Sie Anerkennung und Liebe«, und ich wache auf, oh Gott, hoffentlich hab ich nicht im Schlaf geredet, es ist dunkel, der Bildschirm flackert und erleuchtet das Zimmer, Sammy ist ebenfalls eingeschlafen, puhh, und Tony, der Pate, ist gerade dabei, einen seiner Männer umzubringen.

Ich zweifele an mir und denke, oh Gott, so möchte ich nicht sein, ein Mensch, der Liebe und Anerkennung mit Sex verwechselt – aber will ich wirklich nur Liebe und Anerkennung? Ich mein, ich hab doch Liebe und Anerkennung! Ich schaue auf Sammy, der friedlich schlummert, dann auf mein Handy, wir haben bereits 20:00 Uhr, ich muss nach Hause. Ich schreib Sammy noch einen Zettel: »Danke für alles! Muss nach Hause. *Haydi öptüm* (Kuss), Ayla.«

Dass Sammy so ein Vertrauen zu mir hat, finde ich echt cool. So etwas hab ich noch nie erlebt, könnt ich mir mit Hendrik oder so auch niemals vorstellen. Das alles war schon selbst für mich krass. Ich bin erschöpft, frag mich, was Sammy jetzt darüber denkt, obwohl ich weiß, dass er cool damit ist, doch kaum ist er nicht mehr in meiner Nähe, hab ich Angst, er könne mich dafür verurteilen.

13. Mai

Heute Morgen bin ich aufgestanden und hab meine Mails gecheckt, ich habe eine Anfrage von meiner Agentur für ein Casting. Aber ich lehne ab. Ich habe damals an vielen Castings teilgenommen, also mit »damals« meine ich vor eineinhalb Jahren oder so.

Für eines der Castings lernte ich das erste Mal einige Regeln des Islam kennen. Das erste Mal Konfrontation mit dem Islam, aus freiem Willen. Ich sollte eine Türkin spielen, wie wir sie kennen und kennen wollen: eingeengt religiös. Ich war bereit, mich damit auseinanderzusetzen, kannte aber gleichzeitig Mädchen mit Kopftuch aus meiner Stufe, die das nicht erlebt hatten und sehr glücklich und gebildet waren und durch so einen Film wieder einen falschen Stempel aufgedrückt bekamen. Ich versuchte, mich in die Rolle eines eingeengten Mädchens hineinzuversetzen. Aber ich konnte es nicht, mir war nicht wohl dabei.

Da es keine anderen Rollen gab, hörte ich auf, zu Castings zu gehen und mir von deutschen Regisseuren sagen zu lassen, ich sei nicht türkisch genug. Ich lehne nun grundsätzlich solche Anfragen ab.

Früher, in der vierten Klasse, war der Türkischunterricht eher Koranunterricht. Die Schule und meine Eltern dachten auch, es sei Türkischunterricht. Der Lehrer wollte jedoch nur, dass wir irgendwelche arabischen Zitate aus dem Koran, die wir nicht verstanden, auswendig lernten. Ich hatte aber keine Lust zu beten und behauptete ständig, es gäbe keinen Gott! Er bestrafte mich dafür mit einer Sechs und suspendierte mich vom Unterricht. Als ich an dem Tag nach Hause kam, hatte ich erst Angst, das meinen Eltern zu erzählen, aber schnell merkte ich, dass sie nicht böse auf mich wegen der Sechs, sondern böse auf den Koranlehrer waren, der sich als Türkischlehrer ausgab. Seitdem habe ich keinen Türkischunterricht mehr. Manche Türken sehen mich als Deutsche, manche Deutsche als Türkin. Und manche Türken fühlen sich genauso wie ich irgendwo dazwischen. Ich will schon lange nicht mehr irgendwo dazugehören!

Als ich ein halbes Jahr auf dem Hekla-Gymnasium am Kooperationsunterricht Ethik teilnehmen musste, lernte ich Bilge, ein türkisches Mädchen aus meiner neuen Ethik-Klasse, kennen. Bilge: Trainingsanzug, blondgefärbte Haare und zu viel Sonnenbank. Rosa Nike Air Max; wenn keine Kippe im Mund, dann Kaugummi. Sie war schon 16, da sie einmal sitzengeblieben und ein Jahr zu spät eingeschult worden war, ihr Gesicht sah so verdammt alt aus. Ich hing erst mit ihr ab, weil sie das einzige Mädchen aus unserer Klasse war, das ebenfalls heimlich auf dem Klo oder außerhalb des Schulgeländes rauchen wollte. Ich rauchte mit ihr Joints und Tabak. Bilges größte Feindin war Lili, kein Plan mehr warum, wahrscheinlich wegen irgendeiner Nichtigkeit. Auf jeden Fall hat Bilge immer wieder mal erwähnt, was Lili von ihr irgendwann bekommen würde: Dresche. Ich war neu auf der Schule und wollte mir mein eigenes Bild von allen machen.

Die ersten Pausen an der Schule verbrachte ich also mit Bilge, bis Lili mich irgendwann auf ihren Geburtstag einlud und ich zusagte, denn ich hatte ja kein Problem mit ihr. Bilge bekam das mit und sagte mir: »Wenn du auf den Geburtstag von der Schlampe gehst, ist unsere Freundschaft beendet, dann hast du ein Problem.«

»Was für ein Problem?«

»Dann kriegst du Prügel!«

»Von wem?«

»Von wem wohl? *Oruspu seni!* (Du Nutte, du!) Willst also auf den Geburtstag von Lili, dieser Hure – jaaa? Hast du keinen Respekt vor mir? Dann bist du für mich nur eine verdeutschte Hure! Dann bist du dran!«

»Na und? Dann schlag mich doch. Ich habe immer noch das Recht, frei zu entscheiden, was ich will. Bin ich dein Bimbo oder was? Verpiss dich, denkst du, ich hab Schiss vor dir? Ich kenne Lili nicht, keine Ahnung, ob sie scheiße ist, aber das werd ich selbst rausfinden. Verpiss dich mit deiner Ghetto-Kacke, du Fotze!«

»Du bist tot! *Oruspu seni ...*«

»Jaa? Komm doch, dann reiß ich dir dein Scheißbauchnabelpiercing raus! »

Sie kündigte an, dass am Tag der offenen Tür, damals in einer Woche, ihr Freund mit in die Schule kommen und dass sie mich dann vor allen verdreschen würde. Ich sagte: »Mach doch, dann fliegst du von der Schule und kannst putzen gehen, das passt sowieso besser zu dir!« Und ich ging.

Sie war bei ihrer türkischen Oma aufgewachsen, die keinen Plan von der Gesellschaft hier hatte. Bilge verkaufte sich ihrer Oma gegenüber als das liebe Mädchen und ging draußen voll respektlos ab, darauf feierte sie sich. Ihre Eltern gabs aus irgendeinem Grund nicht mehr. Vielleicht war sie nur wütend, weil sie nicht da waren, vielleicht war ihr deshalb alles so scheißegal, aber deswegen musste ich mich noch lange nicht von ihr opfern lassen. Natürlich hab ich aber auch Schiss gehabt, weil ich meine Klappe wieder mal zu weit aufgerissen hatte. Deshalb bin ich zu meinem Vertrauenslehrer gegangen und hab ihm das erzählt. Er meinte, ich solle mir keine Gedanken machen. Was könne er denn tun? Vielleicht war das Gespräch ja ganz anders verlaufen, es gab schließlich keine Zeugen. Er könne nicht handeln, außer mit ihr zu reden, das tat er dann auch, gegen meinen Willen, und jeden Tag bis zum Zahltag bekam ich das in ihren drohenden Blicken und Äußerungen zu spüren. Aber ich konnte nicht ducken, also tat ich so, als würd mich das nicht jucken, und ich war cool.

Montag, Tag der offenen Tür: Nach den ersten beiden Stunden Vorzeige-Unterricht kam im Foyer am Eingang der Schule ein Typ in Lederjacke auf mich zu und boxte mich weg, rannte schnell davon, und Bilge, die Fotze, trat auf mich ein. Ein Kreis bildete sich um uns, alle guckten zu. Die Fotze hatte recht, keiner griff ein, und ich verfiel wieder in meine »Ich trete einfach wild um mich und spüre nichts«-Abwehrhaltung. Sie zog mich an den Haaren, ich versuchte, an ihren zu ziehen, doch die Fotze hatte vorgesorgt und sich einen Zopf gemacht. Ich trat weiter um mich, bis ich die Gelegenheit ergriff und an ihrem T-Shirt zog. Ich hätte das mit dem Bauchnabelpiercing halt nicht vorher erwähnen sollen. Irgendwann kam dann der Herr Vertrauenslehrer an und sagte halblaut: »Heee! Hallo! Auseinander jetzt!« Diesmal gabs genug Zeugen. Bilge ist nach der Aktion von der Schule geflogen. Schicksal?

Auf schülerVZ ist eine Party bei Markus aus unserer Stufe angekündigt. Jaaa, Privatpartys sind die besten Partys!!!

Schreib gleich Sammy ne Nachricht, ob wir zusammen hingehen …

*

20:30 Uhr. Als ich so in den Spiegel schaue und mir die Wimpern tusche, denk ich: Heute darfst du nicht zu viel trinken, Ayla! Schaue ernst in den Spiegel und nicke mir selbst zu. Das Problem beim Saufen ist: Wenn ich einmal anfange zu trinken, will ich irgendwie immer mehr.

Stecke mein Glätteisen in die Steckdose, sprüh meine Locken mit Anti-Hitze-Spray ein und glätte mühselig eine Strähne nach der anderen. Das Anti-Hitze-Spray verdampft. Ja, so sind sie viel länger, glatter und schöner, meine Haare, doch sollte die Party richtig abriss und heiß werden, locken sie sich sowieso wieder. Scheiße. Noch etwas *Ô oui!* von Lancôme, mhh, lecker frisch. Ich mag frische Düfte …

Meistens rede ich mir ein, nicht betrunken zu sein, wenn ich betrunken bin, und will mehr trinken. Jaaa, dessen bin ich mir bewusst. Toll. Na ja. Peinliche Erlebnisse gab es bereits zuhauf, eigentlich hätte mir schon das erste erbärmliche Erlebnis, eine Alkoholvergiftung, eine Lehre sein sollen. Tja, mittlerweile vertrag ich auch mehr. Für ein Mädchen vertrag ich, glaub ich, recht viel. Mit Hendrik beim Saufen mitzuhalten geht gar nicht und war auch des Öfteren eine Riesenfehleinschätzung meinerseits. Würfelspiele spielen, saufen und zum Schluss in seiner eigenen Kotze liegen – da bin ich raus. Ich bin bestimmt schon dreimal aus der Disco geflogen, weil ich mich mit dem Türsteher angelegt hab. Ich hasse die Arroganz von Türstehern. Ich gehe eigentlich ungern in Clubs, keine Ahnung, find ich nicht so cool; Privatpartys machen mehr Spaß.

Circa vor einem Jahr hatte Annika, ein Mädel aus der Stufe, Geburtstag, und wir haben in einer Karaoke-Bar Cocktails geschlürft und gesungen. Solange ich nüchtern war, hab ich mich mit dem Singen noch zurückgehalten, aber dann irgendwann nach vier Long Island Eistee habe ich Karaoke gebrüllt, nicht gesungen. Ich fand mich selbst lustig in dieser brüllenden Tonlage wie Korn. Der »Karaoke-Moderator« wollte das Mikro zurück, ich wollte aber nicht aufhören, in einer tiefen, bösen Tonlage *Neunundneunzig Luftballons* zu brüllen und es witzig zu finden. Als der Türsteher kam und mich von der Bühne bat, fing ich an, die Leute gegen den Türsteher zu mobilisieren. Ich glaub, ein paar fanden es lustig. Zumindest haben ein paar mitgemacht. Den Mädels, die peinlich berührt waren, hab ich einen Vortrag gehalten, dass sie doch einfach mehr auf Dinge scheißen und auf öffentlichen Klos auf die Pilze achtgeben sollten. Als mich Hendrik bat, von dem Podest runterzukommen, und er immer weiter auf mich einredete, gab ich ihm eine leichte Ohrfeige und lallte ihn an: »Du Verräter!« Irgendwann hatte der Türsteher keine andere Wahl, als mir das Mikro zu entreißen und mich aus dem Laden zu tragen. Sie gaben mir »lebenslänglich Hausverbot«. Hendrik war nicht lang sauer auf mich, aber danach tat es mir verdammt leid. Ich habe mich bei ihm entschuldigt, mir ist das immer noch peinlich.

Heute werde ich definitiv nicht so viel trinken. Ich mag es nicht, mich nicht unter Kontrolle zu haben. Was ziehe ich an? Blue Jeans, weißes T-Shirt? Jiip. Fertig.

Markus aus meiner Klasse wohnt in Ziegendorf, hört sich zwar dämlich an, ist aber ne echt reiche Gegend hier in Köln, das heißt, die Party wird geil. Großes Haus, großer Garten, lecker essen und viel Alk – obwohl ich ja nicht so viel trinken werde.

Als ich ankomme, sind erst ein paar Leute da. Lara sitzt auf der Terrasse neben dem Buffet. Ich denke mir, ich klär die Situation, bevor wir angetrunken sind. Also gehe ich zu Lara. »Hi?«, frage ich leicht unsicher.

»Was ist?«

»Ich würd gern kurz mit dir reden!«

»Warum? Willst du mich wieder runtermachen?«

»Nein. Es tut mir leid, dass ich dich verletzt hab, das war ne echte Arschaktion von mir. Ich wusste halt einfach nicht, wie ich damit umgehen sollte. Wirklich, es tut mir leid.«

»Du hast mich vor der ganzen Klasse gedemütigt, du bist nicht anders als alle andern!« Sie steht auf und will gehen.

»Warte bitte, Lara! Ich mag dich eigentlich ganz gern, und ich hab das nicht für extra gemacht, auch wenn sich das komisch anhört, ich weiß ...«

»Woher soll ich denn wissen, dass du mich nicht noch mal ›nicht für extra‹ vor allen runtermachst?«

»Ich schwöre, das kommt nie wieder vor ...«

Sie sagt was von, sie wolle allein sein, und ich geh wieder rein, um Sammy zu suchen. Hab ihn noch nicht gesehen, in der Küche ist er nicht, im Garten und im Wohnzimmer auch nicht. Na ja, denk ich mir und beobachte Micha und Hendrik. Hendrik genießt es, dass die Mädels ihn gut finden. Er hat die ganze Zeit mit Silke geflirtet und sich total weggeschossen. Jetzt sieht Micha traurig aus. Er wirft ihr vor, spießig zu sein. Irgendwie tut sie mir leid. Dieser MacGyver ist nur noch ein gefühlskalter Brocken. Da ist Sammy mit Sabrina.

Ich hüpf ihn an, sag: »Jo, Sammy, was geht?« Vielleicht hüpfen wir ja zusammen den Krabbentanz, denk ich mir, lache innerlich und grinse ihn an.

Kati fragt Sabrina nach einem o.b., da sagt Sammy zu mir: »Ey, Ayla, siehst du nicht, dass ich mir die gerade klarmachen will, Alter? Das kommt echt nicht so cool, wenn ich dann mit dir rumhüpfe, außerdem«, er verstellt seine Stimme, lässt sie tiefer klingen, »echte Männer tanzen nicht«, zwinkert, lacht und sagt noch abschließend: »Demnächst, okay? Versprochen!«

»Okay, nee, ist ja schon klar, na dann viel Spaß!« Ich grinse, drehe mich um, und meine Mundwinkel gehen wieder runter.

Und ich denk mir: Arsch! Mhhh, bleib ich noch ein Weilchen und trink noch einen? Ach, ich weiß nicht. Soll ich nun wie Micha dasitzen, die beleidigt Hendrik beobachtet? Na, eigentlich hab ich echt keinen Grund, beleidigt zu sein. Jaaaa! – Bin ich auch nicht! Ich geh mal wieder zu Lara, die sitzt immer noch allein auf der Terrasse und sieht leicht grummelig aus.

»Hey, na, hast du Spaß?«, frag ich eher ironisch.

»Wenn ich die ganzen Spinner hier seh, nein! Ich verstehe nicht, warum die Penner auf jede Party eingeladen werden.« Sie meint die Jungs aus unserer Klasse, die sie ständig mobben.

Fängt das jetzt schon wieder an, denk ich mir und sag: »Scheiß doch auf die Spinner, Lara.«

»Guck mal, wie Hendrik mit Lisa trockenfickt, hab dir doch gesagt, dass der nichts taugt! Und guck, guck da, wie sich die Spinner besoffen mit dem Obst bewerfen, während andere Menschen noch nicht mal Wasser zum Trinken haben – die Penner!«

»Ja, ist schon leicht peinlich, aber ich mag Hendrik, Lara! Ich mein, Micha ist auch selbst schuld«, rechtfertige ich Hendriks Ego-Verhalten.

»Wir haben einfach keine coolen Leute in der Stufe, ich glaub, ich werde für immer solo bleiben.«

Nicht schon wieder diese pessimistische Art. »Ja, Lara«, fange ich lustlos an. »Du wirst schon den oder die Passende finden.«

»Klar, die stehen doch alle auf dumme Mädchen, die in pinken Minikleidern ihren sonnenbankgebräunten Arsch und Busen raushängen lassen!«

»Du musst sie doch nicht alle toll finden. Akzeptier endlich, dass die einfach dumm sind, und versuch nicht ständig, alles ändern zu wollen. Du kannst andere nicht ändern, okay? Warum machst du dir die Spinner so zum Thema? Und nimmst dir das alles so zu Herzen? Hast du denn sonst keine Freunde und Hobbys?«, frage ich leicht unsensibel.

»Genau das meine ich!«, sagt sie, verschränkt ihre Arme vor ihrem Bauch, dreht ihren Kopf kurz zur Seite und zurück. »Du willst mich immer runtermachen!«

»Nein, Lara, Alter, ich bin einfach nur ehrlich. Ich mein das nett. Dass du das immer als Angriff siehst, fuckt ab!« Ich drehe mich um und gehe, gehe bis zum Wohnzimmer. Ach, alles scheiße, denk ich mir, drehe mich wieder um und gehe zurück zu ihr. »Okay, es tut mir leid, falls ich dich gekränkt haben sollte. Wie gesagt, ich meinte das nicht böse!«

»Ja, ich weiß«, spricht sie leise und langsam vor sich hin. »Ich weiß ja, ich weiß.« Und sie fing an zu heulen. Ich hole uns zwei Bier, setze mich neben Lara, drücke ihr ein Bier in die Hand und sage nett: »Hör auf zu heulen. Es gibt keinen Grund zu heulen, lass uns einen trinken!«

Sie schenkt mir ein kleines, aber dennoch ein Grinsen, hebt die Flasche, und wir prosten.

Wir saufen ziemlich viel und bekommen irgendwann um vier Uhr morgens voll den Lachflash, als wir draußen auf dem Rasen den Krabbentanz tanzen und uns immer wieder auf die Fresse legen.

Es war lustig. Kein Plan mehr, wie ich nach Hause gekommen bin und wie Sammy den Abend verbracht hat.

14. Mai

Es ist erst zwölf, nur sechs Stunden Schlaf, mein Vater klopft an. Fuck, ich brauch mindestens acht Stunden, um den Tag zu überstehen.

»Ayla, aufstehen. Frühstücken und Sonntagsputz!« Gott, der nervt. Wer steht sonntagmorgens bitte auf, um mit der ganzen Familie die Wohnung zu putzen?

»Jaaa, Mann!«, antworte ich morgenmufflig, verkrieche mich unter meiner Decke und denk mir, alles, was ich will, ist doch nur ein bisschen Schlaf.

Ich steh auf, meine mühselig geglätteten Haare sind wieder kraus gelockt, stinken nach Qualm und Bier, mein Atem macht mich besoffen, und ich frag mich, ob ich gestern irgendwas Peinliches gemacht hab. Ach ja, der Rasen von Markus, scheiße, Lara und ich haben den total zerstört. Die Mutter von Markus ist bestimmt voll sauer. Mann, ich wollte doch nicht so viel trinken. Ich setz mich in meinem T-Shirt und meiner Jogginghose ungeduscht an den Esstisch. Er ist wie jeden Sonntag mit dem besten Kater-Frühstück der Welt gedeckt: Sucuk, Ei, Salami, Leberwurst, Schafskäse, Gouda, frische Tomaten, Salat und Gurken, Nutella, Tee, Kaffee und Multivitaminsaftschorle. Sinan sitzt neben mir und haut raus: »Boa, du stinkst!«

Ich sag: »Selber!« Hab keinen Bock auf lustige Sprüche oder mich zu verteidigen.

»Und hattest du Spaß gestern?«, fragen meine Eltern.

»Ja, war cool!« Als ich so antworte, denk ich mir, Mann, ich stink echt verdammt, hui.

»Wann warst du denn gestern da? Wir haben dich gar nicht gehört«, will mein Vater wissen.

»Ach, ich glaub, so gegen halb drei.«

»Na, dann muss der Geburtstag doch aber gut gewesen sein?«

»Ja, ging so«, antworte ich lustlos.

Nach dem Frühstück hätt ich glatt weiterschlafen können, aber jeder hat einen Raum, den er sauber machen muss: mein Vater das Wohn- und zeitgleich Schlafzimmer, Sinan die Küche, und ich bin mit dem Bad dran. Meine Mutter hat sonntags immer ihren freien Tag und geht nach dem Frühstück in der Zeit, in der wir putzen, mit ihren Freundinnen spazieren oder auf den Flohmarkt. Danach kommt sie dann mit unnützem Kram wie alten Tellern, Bildern oder Silberbesteck nach Hause. Davon haben wir zwar genug, aber sie glaubt, dass Sinan und ich die Dinge mal gebrauchen können, wenn wir ausziehen.

Also mache ich das Bad sauber. Es hat ja keinen Sinn, dagegen anzukämpfen, dem werde ich wohl, solange ich hier wohne, nicht entrinnen können. Sonst kommen mir meine Eltern wieder mit ihrem »Du lebst hier nicht in einem Hotel!«-Argument.

Als ich so das Klo putze, denk ich über Sabrina, die Schlampe, nach. Es ist komisch, denn früher hat sie sich ja auch nicht für Sammy interessiert. Warum muss sie ihn jetzt so anbaggern? Ob Sammy wohl mit ihr gefickt hat?

»Hey, Ayla«, ruft mein Bruder, »zieh dir mal den rein ...!« Er lacht.

»Geht nicht, ich muss jetzt Bad putzen!«

»Dauert nicht lang, komm kurz.«

Und ich geh in sein Zimmer und schaue mir nen Clip auf YouTube an. Er zeigt mir so einen kleinen indischen Jungen, der voll krass abtanzt. Es ist so lustig, wie der Kleine sich bewegt, dass wir beide voll den Lachflash kriegen. Dann geh ich weiterputzen.

Als ich zurück auf meinem Zimmer bin, denk ich über Sammy nach. Warum Sabrina, die dumme Kuh?, frag ich mich und muss mir eingestehen, dass ich eifersüchtig bin.

15. Mai

Mein Wecker klingelt, wow, ich hab überlang geschlafen, bin gestern schon um 18:00 Uhr ins Bett, hab einfach durchgepennt.

Mein Kopf dröhnt, zu viel Schlaf. Ich hab von der Party geträumt. Nur war es die reinste Abrissparty in einer Riesenvilla. Überall wurde gefickt und gekokst, schwule Männer in Lack und Leder, fette tätowierte Frauen, ein Zirkusclown auf Stelzen mit einem riesigen Schwanz – alle waren glücklich und tanzten miteinander …

Hendrik sah aus wie ein alter Mann, er hatte drei Kiwis in der Hand, kam auf mich zu und machte mir ein Liebesgeständnis, sagte mir, dass er Micha langweilig finde, und fragte, ob ich nicht zu ihm zurück wolle. Als ich ihm antwortete, dass wir nur Freunde bleiben sollten, kam Sammy mit Micha im Arm an uns vorbei. Ich schaute ihnen hinterher, Sammy blickte nicht ein einziges Mal zurück. Dann kam Hendrik, wollte mich küssen, stank nach Penner, küsste mich ekelig auf den Mund, ich drückte ihn weg und wache auf. Verrückt.

Mache mich auf den Weg zur Schule und schau verträumt durch die Gegend, zwei Blocks von meiner Wohnung entfernt bleib ich stehen, seh ein Ayla-Tag – cool, das ist bestimmt von Sammy, muss grinsen. Irgendwie bin ich glücklich, irgendwie weiß ich aber auch nicht, wie ich das verstehen soll. Ist das nun freundschaftlich nett gemeint, oder steckt da mehr hinter? Warum hat er dann was mit Sabrina? Mmhh, ob er ihr wohl auch ein Sabrina-Tag gemalt hat?

Bestimmt nicht, oder?, frag ich mich zwanzig Minuten lang auf dem Hinweg zur Schule.

In der Pause unterhalten sich natürlich alle über die Party am Wochenende, und ich werde schnell wieder zurück in die Realität geholt. Irgendjemand ist gegen die Glasscheibe der Terrassentür gelaufen, einer ist in der Badewanne in seiner eigenen Kotze eingeschlafen, und wiederum andere haben den Kühlschrank geplündert. Lara und ich haben den Rasen plattgetreten. Markus hat ziemlichen Ärger bekommen. So war die echte Party!

Ich seh Sammy nur von Weitem, tu so, als würd ich ihn nicht sehen, weiß irgendwie nicht, wie ich reagieren soll. Vielleicht denkt er jetzt, ich sei böse auf ihn, also wink ich ihm kurz nett zu und dreh mich dann schnell wieder um. Oder soll ich ihn auf das Ayla-Tag ansprechen? Nee, ich warte lieber auf einen passenderen Zeitpunkt.

Lara und ich setzen uns nach dem Unterricht auf die Bank im Park neben unserer Schule. Wir kiffen einen, und ich frag sie aus, wie die Party noch gelaufen ist.

»Gott, voll bescheuert«, erzählt sie. »Als Micha irgendwann gegangen ist, lag ich auf der Couch vom Wohnzimmer, und irgendwann kam Hendrik zu mir. Der hat mich die ganze Zeit mit Micha zugequatscht und hat nach dir gefragt, wo du denn seist, er war total komisch, Alter, hat total wirres Zeug gequatscht. Der ist einfach so aufgestanden und hat mir dann gesagt: ›Ehm, sorry, dass ich nicht mit dir schlafen kann, du bist doch nicht böse?‹, und ist gegangen. Ich dachte mir, he? Was will der denn, ich hab überhaupt nicht daran gedacht, mit dem Spinner ins Bett zu hüpfen. Skurril, skurril!«

Ich frage in möglichst unauffälliger Tonlage: »Und war Sammy auch noch da?«

»Nee, den hab ich nicht mehr gesehen! Endlich hat er auch mal jemanden abgeschleppt. Dem gönn ich das, auch wenn Sabrina nicht unbedingt die Coolste ist.«

»Jaja, auf jeden Fall.« Ich frage mich, ob er es so gut fand wie mit mir – aber eigentlich hatte ich ja nie Sex mit ihm gehabt! Mensch, warum will ich immer das, was ich nicht haben kann? Ich muss an Fina und Joseph und »die innere Erkenntnis« denken.

*

Nach der Schule rufe ich Fina und Joseph an und frage sie, ob sie Lust auf nen Tee hätten. Fina hat Zeit. Gott sei Dank, ich weiß grad nicht mehr, wohin mit mir. Also fahre ich wieder nach Derenfeld und komme in die verräucherte Wohnung von Fina und Joseph.

»Hallo, Ayla«, begrüßt Fina mich herzlich, das tut gut. Small Talk. Wir setzen uns in die Küche, und ich fange an: »Du hast doch letztens von der inneren Erkenntnis gesprochen, und ich, ehm, ich weiß grad nicht, was ich will und wohin mit mir. Da gibt es so einen Jungen, aber ich weiß nicht, ob ich für einen Menschen allein gemacht bin, also monogam bin.«

»Bist du verliebt?«

Ich erzähle ihr, was mir mit Peter und Sammy passiert ist, und im Gegensatz zur Therapeutin in meinem Traum sagt sie mir nicht, dass ich nur Liebe und Anerkennung suchen würde. Sie findet sogar, dass das, was ich mit Sammy erlebt hab, etwas ganz Besonderes sei. Sie erzählt von einer höheren Ebene, sagt, dass Vertrauen die Basis von allem wäre. Sie erzählt von ihrer polygamen Beziehung mit Joseph, wie sie sich bedingungslos lieben, mit andern Menschen Sex haben und die Basis von allem ihr Vertrauen zueinander sei. Sie erzählt von Seelenverwandtschaft, und als sie so erzählt, stelle ich mir die ganze Zeit mich mit Sammy vor. Wie cool es wäre, wenn wir so ein Vertrauen zueinander hätten und trotzdem sexuell frei wären.

Nun finde ich meine Eifersucht irgendwie unbegründet. Ich muss zu Sammy gehen. Ich muss ihm sagen, was Fina mir erzählt hat! Ich muss ihn fragen, ob er mit mir diesen Weg einer polygamen Partnerschaft gehen möchte. »Aber wie?«, frage ich laut.

»Wie was, Ayla?«, fragt mich Fina zurück.

»Wie kann ich zu Sammy gehen und ihm so was vorschlagen? Ich mein, wir leben nicht mehr in den Siebzigern!«

Sie redet mir gut zu, dass sich das alles schon einrenken würde, ich nur an mich glauben müsse und es sich dann entscheiden würde, ob er der Richtige sei. Ich mache mich auf den Weg nach Hause, stelle mir 1.000.000 verschiedene Versionen vor, wie ich zu Sammy geh und ihm sag, was ich empfinde. Denke mir, morgen musst du unschlagbar schön aussehen, Ayla! – Scheiße, was soll ich anziehen?

Zu Hause angekommen, durchwühle ich sofort meinen Kleiderschrank. Ich hab nichts, nichts, was mir gefällt und nur ansatzweise so aussieht, wie ich mir die Situation vorstelle.

16. Mai

Gehe aus dem Haus, werde den Bus in Richtung Schule nehmen, aber weiter bis in die Innenstadt fahren, will unbedingt ein neues schönes Oberteil, was sagt: Ayla, du siehst toll aus, nein, sogar unschlagbar …

»Merhaba, Ayla hanım«, begrüßt mich schleimig ein türkischer Typ aus meinem Viertel. Er ist neu hierher gezogen, Ende dreißig, er nervt, baggert mich immer an, hat mich das erste Mal, als er mich angesprochen hat, gefragt, warum ich immer so genervt gucke und wie ich denn heiße. Ich hab gar keinen Bock, mit ihm zu reden, er nennt mich immer »Ayla hanım«, was auf Deutsch so viel heißt wie »Frau Ayla« … Er bombardiert mich unaufgefordert mit behinderten Themen wie: Wir dürfen nicht vergessen, woher wir kommen, warum ist dein Türkisch so schlecht? Wir Türken, unsere Landsleute, »bizim millet«, sollten wie Brüder und Schwestern zusammenhalten … und ich denk mir, jaja, du Spast, willst mich doch nur ficken. Antworte: »Merhaba (Hallo), ja, eh, ich muss jetzt schnell in die Schule.« Er übersetzt es ins Türkische und sagt: »Lern deine Sprache!« Ich denk mir, lern doch Deutsch, du Spinner, und sag: »Jaja, eh, ich muss jetzt in die Schule.«

»Hmm, okay, Ayla *hanım.*« Er grinst mich schleimig an, denkt wohl, er sei charmant … ist er aber nicht … schleimig ist er. Ekelhaft, wie er seine feuchte Hand kraftlos in meine drückt und dabei noch meine Finger streift.

»Hehe.« Künstliche Lache, extra genervt, »Tschöö!«, und ich bin weg. Sitz im Bus. Wie oft mich dieser Bus schon gerettet hat!

Laufe durch die leere Innenstadt.

Als ich so durch R und L gehe, fällt es mir schwer, mich zu entscheiden: rockig cool oder nett und mädchenhaft? Ich nehme einfach ein paar Teile mit in die Umkleide.

Hui, mittlerweile hab ich nen Riesenhaufen. Wie soll ich aussehen, wenn ich Sammy die Botschaft verkünde? Das weiße Kleid ist wunderschön, knielang, ab der Taille etwas weiter geschnitten. Es sieht suuuper aus. Greife nach dem Preisschild, 24,90 Euro, scheiße, viel zu teuer, damit hab ich nicht gerechnet. Ein anderes Schild kann man da auch nicht rankleben, die merken, dass das von der neuen Kollektion ist.

Wenn ich die Sicherung rausreiße, muss ich das Kleid an der Stelle zusammennähen, obwohl das Loch unter den Achseln bestimmt nicht so auffällt. Okay, ab mit der Sicherung und dem Preisschild, steck die Sicherung in die Hosentasche einer anderen Hose und das Preisschild in eine andere, das Kleid in meine Handtasche, und als Tarnung werde ich noch das weiße Basic-Shirt für 4,90 Euro hier kaufen. Lasse den ganzen Kram in der Umkleide liegen. Und frag mich, ob das mit dem weißen Kleid nicht zu viel des Guten ist, ich meine, ich will ihn ja nicht gleich heiraten. Obwohl es aus Leinen ist, das macht es wieder alltagstauglich.

Klauen ist ein Kick, das Risiko kitzelt, mein Herz pocht, obwohl ich die Tricks der Detektive kenne. In Umkleidekabinen können sie grundsätzlich nichts machen, außer sie sehen, wie viele Teile du mitgenommen hast. Im Laden selber einstecken ist mir zu gefährlich, da können sie dich filmen, beobachten und es dir nachweisen.

Meiner Meinung nach ist da nichts Schlimmes dran, die Riesenkonzerne kriegen doch eh genug Kohle. Ich würde niemals im Tante-Emma-Laden, der vielleicht sogar um seine Existenz kämpfen muss, klauen, würde auch niemals Freunde oder andere Menschen beklauen, wie gesagt, bei Konzernen wie R und L find ich es nicht schlimm, die verdienen doch Milliarden. Ich geh noch etwas durch den Laden und gucke mich um. Stell mir vor, wie ich in dem Teil ausseh, wenn ich zu Sammy geh, um ihm zu sagen, was ich empfinde. Ich kaufe das Shirt und geh raus.

Spüre eine Hand auf meiner Schulter, dreh mich um, ein 1,90 großer fetter Türke in einer Lederjacke steht vor mir und bittet mich mit seiner kräftigen Stimme zurückzukommen. Scheiße, ich wurd noch nie erwischt, warum jetzt! Bitte, da hab ichs, vor lauter Nachdenken hab ich nicht aufgepasst. Was will der jetzt von mir?

Er bringt mich in ein Büro hinter den Umkleidekabinen, die Mitarbeiter gaffen mich an. Oh nein, wie soll ich das zu Hause erklären?

»Du wurdest beim Ladendiebstahl beobachtet. Kannst du mal alles aus deiner Tasche rausnehmen?«

»Warum, wer hat mich denn gesehen?«

»Hier! Kennste die noch?« Er holt die Reste vom Preisschild und die Sicherung raus.

»Nee, keine Ahnung.«

»Wir wissen, dass du das warst. Falls du nicht freiwillig die Tasche leerst, rufen wir die Polizei. Wir können bezeugen, dass vor dir niemand in der Kabine war. Wenn die Polizei da ist, werden sie als Erstes deine Tasche durchsuchen. Also, willst dus jetzt zugeben?«

Ich hab Schiss, will nicht, dass er die Bullen ruft, und werde schwach. »Okay«, sage ich, »aber nur, wenn du wirklich nicht die Polizei rufst. Momentan kann ich mir das echt nicht mehr leisten. Meine Eltern rasten aus, ich bin Türkin, die bringen mich um!«

»Nee, ist okay, ich versteh das, ich bin doch auch Türke, wirklich.«

Er verspricht mir lang und breit, dass er mich dann in Ruhe lässt. Ich soll es nur zugeben, das Teil bezahlen und gehen. Also hole ich das Kleid raus, er nimmt es in die Hand, guckt sich das Loch an, und da sind sie: die Bullen. Dieser Wichser! Sie kommen, checken meine Personalien, die ich ihnen widerstandslos verrate. Sie bringen mich auf die Wache, zeigen mich an, und ich denk mir: Hätt ichs nicht gestanden, hätten sie keinen Beweis gehabt! Die Sicherung hätte ja auch jemand anders in die Hose gesteckt haben können, zum Beispiel jemand, der vor mir in der Kabine war.

Scheiße, nur weil er Türke ist, hab ich gedacht, er lässt mich gehen. Das war echt dumm. Die Bullen kontaktieren natürlich meine Eltern und bitten sie, mich abzuholen. Ich darf das gekaufte T-Shirt behalten und muss ohne das Kleid und mit einer Anzeige gehen. Mist, hätt ich mir doch ein cooleres Shirt gekauft, statt ein weißes Basic-Shirt. Mein Vater steht vor der Wache, schaut mich nur enttäuscht an. Redet den ganzen Heimweg über im Auto kein Wort. Zu Hause angekommen, gehe ich auf mein Zimmer und weiß nichts mit mir anzufangen. Das mit Sammy klappt jetzt auch nicht mehr, denk ich mir und bin traurig. Es klopft an meiner Zimmertür, mein Vater, er kommt rein und setzt sich auf mein Bett.

»Warum klaust du?«

»Keine Ahnung, weil ich das haben wollte und kein Geld hatte.«

»Wenn du kein Geld hast, Ayla, dann kannst du es auch nicht haben. *Sana hiçbir şey öğretemedim mi?* (Hab ich dir denn nichts beigebracht?) Du reitest dich damit nur in Scheiße. Willst du kriminell werden? Ayla, du möchtest doch auch nicht beklaut werden!«

»Wenn ich R und L wär und 100.000 Filialen weltweit hätte, dann wär mir das egal, wenn einer ein Teil klaut, das er braucht!«

»*Bir daha sana söylemek istemiyorum* (noch mal will ich dir das nicht sagen müssen), Ayla, es gibt viele Leute, die vom Klauen abhängig werden, für sie ist es ein Kick, oder sie verdienen ihr Geld damit und geraten auf die schiefe Bahn. Ich möchte, dass du nie wieder klaust. Warum kommst du nicht einfach zu mir und fragst mich nach Geld, wenn du dir ein Kleid kaufen willst?«

»Weil wir selber nichts haben. Ich weiß, wie es uns geht, und ich will dich nicht belasten.« Mein Vater scheint gekränkt zu sein.

»Ich möchte, dass du zu mir kommst, wenn du Geld brauchst, Ayla, und zu keinem sonst. Ich will weder, dass du bei anderen Leuten Schulden machst, noch, dass du klaust. *Hiç güzel değil yaptığın* (das ist nicht schön, was du gemacht hast), Ayla. Versprich mir, dass du nie wieder klaust.«

»Ich versprech es.« Und er geht aus meinem Zimmer.

Es klopft schon wieder. Sinan kommt rein und fragt: »Ey, hast du noch Bock, ne runde Xbox zu zocken?«

»Warum nicht?« Ablenkung.

»Wie liefs denn mit Latifah«, frage ich irgendwann, als ich dabei bin zu verlieren.

»Geht. Keine Ahnung, da ist nichts.«

»Wie, da ist nichts?«

»Die ist mit Ilan zusammen.«

»Und, bist du traurig?«

»Nee, die ist mir egal.«

»Aber letztens fandst du die doch noch supergut und wolltest sie küssen.«

»Ja, aber jetzt ist sie die Freundin von Ilan, Ayla. Also ist sie mir jetzt egal. Voll ekelhaft, wenn Ilan schon in der drin war, will ich nicht auch noch in sie rein.« Und er lacht.

Ich denk mir: Dummkopf!, und sage nichts. Diese Fight-Runde mache ich ihn platt, und danach schmeiße ich ihn aus meinem Zimmer.

Irgendwie überkommt mich die Lust, in mein Bett zu kriechen, *Die drei ???* zu hören und einzuschlafen. Es ist beruhigend, wenn einen Hörspiele in den Schlaf begleiten. Da kann man abschalten und braucht nicht nachzudenken.

17. Mai

Als ich heute Morgen in der Raucherecke ankomme, sehe ich ein paar Leute aus meiner Stufe über den *Werther* quatschen, und dann kommt mir Lara entgegen: »Ich bin voll aufgeregt!«, und mir ist sofort klar, dass wir jetzt gleich die Deutschklausur schreiben müssen.

*

Die Klausur war Gott sei Dank nicht schwer, da ich einen lebenden Werther kenne. (Lara)

Nach der Schule treffe ich Sammy im Park. Ich frage ihn neugierig: »Und wie war dein Abend auf der Party noch?«

»Ja, war voll geil, Alter.«

»Cool.«

»Ich hab mir Gedanken gemacht, Sammy.«

»Über was?«

»Ich weiß nicht, magst du mich?«

»Ja klar, sonst würd ich nicht mit dir abhängen.«

»Ich mein, fandst du das mit Peter nicht echt krass?«

»Ja, war geil, Alter.«

Ich weiß nicht, wie ich zum Punkt kommen soll, also fange ich an zu fragen: »Und wie wars mit Sabrina? Ich mein, ähm.« Pause. »Ach nee, vergiss es.«

»Warum? War auch geil, aber mit dir wars natürlich geiler.« Er lächelt, und ich kann nicht einordnen, wie er es meint, weil wir ja keinen Sex gehabt haben. Verdammt.

»Ach, Sammy, ich weiß auch nicht, vergiss das alles. Egal. Okay?«, bitte ich ihn, er guckt mich daraufhin fragend an. Ich schüttele den Kopf, und wir sitzen eine Weile schweigend da.

»Ich mag dich auch sehr, Ayla«, sagt er dann nach zehn Minuten Schweigen, Vogelgezwitscher, Hundebesitzer, die nach ihren Hunden rufen.

Sein Gesicht kommt meinem näher, und ich springe auf. »Warte! Sammy, ich – eh, ich will was klarstellen, okay? Ich mein, das mit Peter, ja, das war nicht das erste oder einzige Mal, und, eh, ich bin polygam und, ehm, aber ich mag dich ja auch sehr gern. Ich weiß nicht, ich glaube, eine offene polygame Beziehung wäre für uns beide das Richtige, beziehungsweise ich meine, wir sollten wissen, dass wir uns mögen und ehrlich sein und …«

Er unterbricht mich: »Wa-as?« Pause. »So was will ich nicht, Ayla, du warst doch eben noch eifersüchtig wegen Sabrina, jetzt erzählst du mir was von ›Ich bin aber polygam und will was Offenes‹ und bla, dann hättest du es auch ganz sein lassen können.«

»Warum, ich will doch nur ehrlich sein! Sollen wir uns selbst belügen wie monogame Paare? So wie Hendrik und Micha will ich nicht sein. Irgendwie dachte ich, das bei Peter wäre etwas Besonderes zwischen uns gewesen.«

»Ja, es war geil, Ayla, und ich muss sagen, ich find dich heiß, und ich will dich ficken, und ich find dich lustig, mag dich als Freundin, kann mir auch was mit dir vorstellen, aber dann will ich nicht, dass andere dich ficken, okay?«

Irgendwie fühle ich mich unverstanden und habe gleichzeitig Angst, ich könnte ihn irgendwann verletzen, fremdgehen, mich nach sexueller Freiheit sehnen und somit einen wertvollen Menschen verlieren. Ich will nicht einer von denen werden, die die Menschen, die sie lieben, skrupellos verarschen. »Irgendwie ist es nicht okay, keine Ahnung.« Ich schau auf den Boden, zu ihm, geb ihm einen schnellen Kuss, halb auf den Mund, und gehe verunsichert und irgendwie enttäuscht weg. So hab ich mir das nicht vorgestellt.

Gucke zurück in der Hoffnung, dass er es sich doch anders überlegt und mir hinterherläuft. Tut er aber nicht. Ich weiß nicht wohin, mir kommen die Tränen, ich weiß nicht, was das Richtige ist, ich dachte, dass das, was Fina und Joseph haben, das Richtige für mich ist. Vielleicht ist Sammy nicht der Richtige? Vielleicht kann er einfach nicht mit meiner Polygamie umgehen?, beruhige ich mich selbst, wische meine Tränen weg und geh nach Hause.

Zu Hause angekommen, 16:00 Uhr, leg mich ins Bett, schlaf bis 20:00 Uhr. Ich steh auf, geh in die Küche, hab Hunger, niemand zu Hause, geil, mach mir ein Brot mit Mettwurst, mhh, lecker, setz mich ins Wohnzimmer vor den Fernseher und guck mir ne Folge *Sopranos* an.

23:00 Uhr, meine Eltern kommen nach Hause, gehe schnell wieder in mein Zimmer. Guck mir noch zwei Folgen *Sopranos* an, 02:00 Uhr, versuch zu schlafen, wälze mich umher, fang an, wieder an Sammy zu denken, war das richtig oder falsch? Mein Kopf pocht, rattert, mein Körper ist müde, ich kann aber nicht schlafen, steh auf, mach ein Hörspiel an, leg mich wieder hin, probiere eine gemütliche Schlafstellung nach der anderen aus, will einschlafen.

18. Mai

Scheiße, hab verschlafen. Scheiße, es ist bereits halb acht. Schnell ins Bad, Katzenwäsche, Zähneputzen, Pferdeschwanz und los. Sitze im Mathe-Unterricht, Herr ... erzählt irgendwas von Funktionen, und ich denk an gestern, meine Augen fallen zu, und ich träume ... Zahlen fliegen durch meinen Kopf, und ich steige die Treppen hoch zur richtigen Erkenntnis. Auf der vorletzten Treppe begegnet mir Gott, der aussieht wie Gandalf von *Herr der Ringe*. Neben Gott steht Fina und winkt mir zu. Plötzlich wird alles weiß.

»Ayla Atakol!«, hör ich eine laute befehlende Stimme, und jemand rüttelt an meiner Schulter. »Schlafen kannst du auch zu Hause, Madame!«

Scheiße, ich bin eingeschlafen.

»Mit deiner Haltung wirst du dein Abitur niemals schaffen!«, wirft mir mein Mathelehrer wieder einmal vor.

»Ja, mein Gott, es tut mir leid. Passiert nicht wieder!«

Er wollte wahrscheinlich schon seit langem ein Exempel an mir statuieren und suspendiert mich für eine Woche aus seinem Unterricht. Das Blöde ist, dass ich den Stoff trotzdem können muss. Scheiße. Verlasse das Klassenzimmer und weiß nicht, wohin.

Geh ins Internetcafé, klicke auf die Kleinanzeigen des Stadtmagazins vom 17.05.2008, Rubrik »Liebe und Erotik«, wähle »Er sucht Sie«.

Lars_23: »Suche eine interessante junge hübsche Frau zum Essengehen, für romantische Abende auf der Couch und Spaziergänge im Park.« Spinner. Nächste Anzeige: »Latino verwöhnt dich!« Spinner. Nächste Anzeige: »Schamlose (gern auch türkische oder asiatische) Schönheit gesucht, die Lust hat, sich von attr. älteren Mann hart knallen zu lassen. Liebevoll und ausdauernd. Tel: 0120 96 5...« So was wie Peter? Nee, Spinner. Nächste: »Zärtlicher Mann mit romantischer Ader. Wohin damit? Ich sehne mich nach Zärtlichkeit, nichts Abgefahrenes, sondern nach gelegentlicher Romantik und Freundschaft. Ich bin 32 J, 189 cm, 71 kg, sportlich schlank, Akademiker, verh., nicht unattraktiv, niveauvoll und intelligent. Bitte schreiben Sie an fifichueoo@web.de.« Spinner. Nächste: »Bock auf Sex? Attraktiver junger Mann hat einfach nur Bock auf Sex, du auch? Melde dich. Tel: 0170...« Ach, das klingt doch super.

Ich ruf an, es klingelt. »Hey, hallo. Hi, ich hab deine Anzeige im Stadtmagazin gelesen, und ich wollte mal fragen, was du heute so vorhast.«

»Klar, wenn du Lust hast, können wir uns kennenlernen, bin grad am ...-Platz im ›Detlev's Eck‹, komm vorbei, wenn du Lust hast. Hab blonde Haare, bin 1,80 groß und sitz grad mit nem Kumpel gleich am Eingang rechts am ersten Tisch.«

»Cool, bin so in einer halben Stunde da. Bis später!«

»Ciao.«

Also geh ich zur Bahn und fahre in Richtung Innenstadt. Komme in die Kneipe: Da sitzt er, sieht normal aus, keine besonders auffälligen Gesichtszüge, leicht bubenhaft, eigentlich eher nicht mein Fall. Ein abgefuckter PC-Freak würd mir besser gefallen. Na gut, ich geb ihm mal ne Chance.

»Hi, ich bin Ayla.«

»Hi, Ayla, ich heiß Chris, und das ist Jörg.«

»Hi, hi, sicherlich habt ihr schon bestellt, oder?«

»Bestell dir, was du willst. Ich geb dir was aus.«

»Nee, nee, danke, also nicht, dass du das falsch verstehst, ich mach nichts gegen Geld oder so, ich mache nur, was mir Bock macht!«

»Nee, schon klar! So meinte ich das auch nicht.«

Bestelle mir ne Pommes mit Ketchup und ein Kölsch. Er quatscht viel zu viel, obwohl er doch seine Anzeige so schön auf den Punkt gebracht hat. Will wissen, was ich so treibe, ich erzähle ihm, dass ich ne Ausbildung mache und allein wohn, blabla, ich hab keine Lust, ihm meine Lebensgeschichte zu erzählen. Er anscheinend schon, und er erzählt mir von seinem Laden, der pleitegegangen ist, und seinen neuen Plänen, die aber noch geheim sind, da es seiner Meinung nach Unglück bringt, im Voraus über Pläne zu reden, und blabla.

Ich esse meine Pommes, trinke mein Bier und frag mich, warum er das Bedürfnis hat, mir das zu erzählen. Irgendwann verschwindet dann auch sein Freund, und ich denke mir, Gott, wenn wir nicht gleich ficken, hau ich ab. Ich unterbreche ihn irgendwann und sage: »Was ist denn jetzt, gehen wir zu dir, oder was?«

»Klar, ich dachte, wir trinken noch gemütlich einen.«

»Ja, nee, hab nicht so viel Zeit, und so viel will ich jetzt eh nicht trinken.«

Und wir gehen los, Gott sei Dank ist die Wohnung gleich drei Ecken weiter. Ich geh rein, setze mich auf seine schwarze Ektorp-Couch von Ikea. Er holt uns zwei Bier aus dem Kühlschrank, ich knöpfe meine Hose auf, er nimmt noch einen kräftigen Schluck, kommt mir immer näher und will mich fingern, ich nehm seine Hand wieder aus meinem Schritt und schüttel meinen Kopf, öffne seinen Reißverschluss, knie mich vor die Couch und lutsch kurz den Schwanz, damit er steif wird, er freut sich, drückt mich leicht am Kopf. Ich steh auf und frag: »Fickste mich jetzt?« Er zieht die Hose komplett aus, ich leg mich auf die Couch, mach die Beine breit, und er ist drin. Ist er drin? Keine Ahnung. Ich denk mir, Mensch, wäre dein Schwanz doch dicker und größer! Er fickt weiter, ich spür nichts, bin ich vorher zu feucht gewesen? Keine Ahnung, es ist langweilig. Ich sag: »Hör auf!« Kein Bock mehr, zieh mich an und geh.

Er ruft mir noch hinterher, was für ein gestörtes Weib ich doch sei. Mich juckts nicht. Ich bin genervt. Es hat keinen Spaß gemacht. War es also das, weswegen ich Sammy nicht wollte? Nein, es lag sicherlich nur daran, dass der Typ einfach scheiße war. Irgendwie fühl ich mich nicht wohl in meiner Haut.

Was soll ich jetzt tun? Kein Bock auf zu Hause! Also in den Park und einen kiffen. Fahr wieder in mein Viertel und setz mich auf die Bank im Park um die Ecke. Hol ein Blättchen raus und will einen bauen. Will den Joint zudrehen, Blättchen zu nass gesabbert, es reißt, und der Inhalt kippt halb auf mein Knie, halb auf den Boden, *scheiße verfickt,* kann denn nichts klappen?!!!!!!! Mein letztes Blättchen, steh auf, sammel das bisschen Rest Gras auf und mach mich auf den Weg zum netten alten türkischen Mann in meinem Stammkiosk, den ich schon seit meiner Kindheit kenne. Eigentlich ist es mir unangenehm, da lange OCBs zu kaufen, na ja, der andere Kiosk ist zu weit weg.

»*Merhaba Ayla, nasılsın*? (Hallo Ayla, wie gehts?)«

»*Sağol, iyiyim*, wie geht es dir, *amca*?« (Dankeschön, mir gehts gut ... Onkel.) Er ist natürlich nicht mein »Onkel« das sagt man nur so auf Türkisch. Er wirkt leicht nervös.

»*Ayla, çabuk ol! Burayı kapatmak zorundayım.*« (Du musst dich ein bisschen beeilen, ich muss hier gleich zumachen.) Er wirkt immer nervöser, sagt nichts weiter dazu, fragt mich nur, was ich denn wolle. Jetzt ists mir wieder unangenehm mit den OCB-Blättchen, und ich sag: »Gemischte Tüte!« Irgendetwas ist seltsam. Er mischt mir ne Gummitüte zusammen, und da kommen Murat und Serkan, Alis Freunde und Muhaktbars treue Hunde, in den Kiosk stolziert.

»Na, Ayla, heute vielleicht Bock, mir einen zu blasen?« Serkan verschließt die Tür.

»Ab jetzt ist hier geschlossene Gesellschaft, oder willst du hier bleiben und meinen Schwanz lutschen, Ayla?«

»Fick dich, Murat!«

»Kes sesini kız! (Halt dein Maul!) Glaubst du, nur weil Ali dich in Schutz nimmt, geb ich dir keine? Bak döverim seni, defol git! (Guck, ich schlag dich sonst, verpiss dich!)«, testosteront mich Murat an. Mir wird langsam klar, dass sie Schutz abkassieren wollen. Aber warum von jemandem, der selber durch ehrliche Arbeit mühselig über die Runden kommt?

»Du bist so dumm! Ihr nehmt unsere eigenen Leute aus. Denkste, diese Familie kriegt alles in den Arsch gesteckt, siehst du nicht, dass hier nichts zu holen ist? Geh doch in den Kaufhof, du Arsch!«

Der *amca* bittet mich aufzuhören, er wiederholt, dass er bereit ist zu zahlen, und fordert immer wieder die Jungs auf, mich in Ruhe zu lassen. Er will Frieden stiften, während Murat mich anschreit: »Mädchen, bisse behindert? Ich hab dir gesagt, du sollst die Fresse halten!« Er kommt auf mich zu, packt mich auf einmal ganz fest am Kinn und drückt mich gegen die Wand. »Du lebst in deiner eigenen heilen Welt, Mädchen. Wenn ich will, könnt ich dich jetzt richtig ficken, verstehste?!«, lacht, holt aus, gibt mir ne überfeste Ohrfeige, zündet sich ne Zigarette an, plündert die Kasse, sonst nichts, dreht sich kein Mal mehr um, und sie gehen beide.

»Alles in Ordnung?«, fragt mich der alte *amca* besorgt.

»Ja, geht schon klar, ist nicht so schlimm.«

Er holt mir Eis für meine leicht geschwollene Wange. »Soll ich dich nach Hause bringen, Ayla?«

Er erzählt mir, dass Widerstand keinen Sinn macht, denn wenn es diese Jungs nicht gewesen wären, wären andere im Auftrag von Muhaktbar gekommen, um den Schutz zu kassieren. Er bittet mich, mich von ihnen fernzuhalten, und fragt noch mal, ob er mich denn nicht nach Hause bringen solle.

»Nein, danke, ist schon okay. *Lütfen anneme ve babama bir şey söyleme* (bitte sag meinen Eltern nichts), okay?«

»Okay, Ayla«, verspricht er mir.

Ich habe zwar nur ne leicht geschwollene Wange, aber es fällt auf, und meine Eltern fragen mich, was passiert sei. Ich erzähle ihnen, es sei ne Sportverletzung, dass ich den Basketball voll abbekommen hätte. Nach dem, was gestern passiert ist, kann ich ihnen die Wahrheit nicht zumuten. Meine Eltern hätten sich noch mehr Sorgen gemacht, meine Mutter wär sofort zu Alis Mutter gelaufen und hätte ihr das erzählt, großes Drama, aber ich weiß, dass Ali mich niemals hätte verprügeln lassen. Um jeglichen Stress aus dem Weg zu gehen, erzähle ich ihnen also, dass es der Basketball war. Und sie kaufen es mir ab. Gott sei Dank.

Keine Ahnung, ob ich meine Wut an Murat oder er seine an mir ausgelassen hat. Ich denke mir nur: Das war unnötig, Ayla, echt unnötig! Vielleicht sollte ich doch mal irgendwann dieses Ritalin ausprobieren.

Irgendwie fühl ich mich scheiße, das Treffen mit dem Typen war so was von einer Frustaktion, das erschreckt mich. Dabei sollte mir der Sex doch Spaß machen, aber ganz ehrlich, das war nicht meine Neugier, es war Frust, und irgendwie fühl ich mich erbärmlich, so klein. Die Rolle mag ich nicht. Das war triebgesteuert durch Frust. Ich hab nicht bei Peter geputzt, weil ich frustriert war, sondern weil ich geil drauf war. Und wo steh ich jetzt? Hab ich meine Kontrolle verloren?

Vielleicht brauch ich wieder ein Gespräch mit Ihnen, Frau Therapeutin, und sollte Ihnen die bisherigen Tagebucheinträge schon jetzt zukommen lassen, statt den Monat abzuwarten. Vielleicht sollte ich Fina fragen – vielleicht sollte ich aber auch einfach nur schlafen.

19. Mai

Heute Morgen bin ich aufgewacht, und die Welt war immer noch scheiße. Ich will Schneewittchen sein, die mit Vögeln spricht. Warum bin ich Ayla? Ich hasse alles. Dreh mich noch mal um in meiner Embryoschlafhaltung, Decke übern Kopf, will nicht zur Schule, schlaf wieder ein.

»Ayla, aufstehen, *haydi!*«, weckt mich meine Mutter. »Musst du nicht in die Schule?«

»Ja, nein, ich hab erst um 10:00 Schule!«

»Aber, wir haben schon 9:00 Uhr, Ayla! *Haydi, kalk artık.* (Komm schon, steh auf.)«

»Mhhh«, brumme ich und krieche langsam unter der Decke hervor.

»Du musst heute nach der Schule dein Zimmer aufräumen. Dein Onkel Harun und deine Cousine Emine kommen zu Besuch.«

Oh nein, nicht das noch! Ich will meine Ruhe, jetzt muss ich mein Zimmer mit meiner 14-jährigen Cousine teilen. »Kann sie nicht bei Sinan im Zimmer schlafen?«

»Sie schläft bei dir, Ayla, und jetzt steh endlich auf!«

Toll. Und ich steh widerwillig auf. Ich will nicht, aber muss in die Schule. Also gehe ich.

Auf dem Pausenhof treffe ich Lara, die auf mich einredet: »Ayla, du musst öfter kommen, die haben dich schon voll auf dem Kieker«, blablabla. Ich weiß, nur nett gemeint, habe aber echt keinen Bock mehr, mich über irgendwas aufzuregen, und antworte kurz und bündig: »Ja, ich weiß.«

»Was ist denn los, Ayla?«, fragt sie weiter.

»Nichts. Hab keinen Bock zu reden.« Und ich setze mich ins Klassenzimmer. Doch noch bevor der Unterricht beginnt, werde ich zu einem Gespräch ins Direktorzimmer gerufen. Wär ich doch gar nicht erst gekommen! Der Direktor erzählt mir was von Fehlzeiten, Abiturzulassung ... keine Ahnung, ich nicke nur und gebe ihm die Hand auf irgendwas, was er will, ich glaub wegen dem Fehlen, und gehe dann wieder ins Klassenzimmer, stehe die drei Stunden auch noch durch und mache mich auf den Weg nach Hause.

Am liebsten hätt ich mich wieder in mein Bett verkrochen, aber da ist sie schon wieder: »Ayla, *haydi,* die Familie kommt bald, räumst du bitte auf!« Und ich platze, knalle die Tür zu, schreie: »Kann man denn hier nie seine Ruhe haben?!« Mir kommen die Tränen, und im selben Moment tut es mir leid, dass ich meinen Frust an meiner Mutter auslasse. Öffne die Tür, gehe zu ihr, gebe ihr nen Kuss auf die Wange und sage: »Es tut mir leid.«

»Was ist denn los?«, fragt mich jetzt schon die Zweite im Bunde besorgt, aber ich will nicht reden. Vielleicht liegt es daran, dass ich selber nicht weiß, was los ist. Ich bin einfach unzufrieden.

Leg mich hin, schlafen. Denk über Sammy nach und weiß, ich habs verbockt. Irgendwie hab ich Angst, dass er mich nun für komplett gestört hält. Ich mein, ich hatte noch nicht mal was mit ihm und komme gleich mit Polygamie und so nem Kram. Kacke!

19:00 Uhr, meine Cousine Emine und mein Onkel Harun treffen ein. Meine Mutter hat den ganzen Nachmittag gekocht, es riecht lecker, ich steh auf, meine Familie ist laut, mache das Licht an, meine Augen sind geschwollen, guck in den Spiegel: Mann, seh ich scheiße aus! Geh ins Bad, mach mich frisch, und sie kommen auf mich zu: »Aaylaaa!« Ich umarme meine Cousine und meinen Onkel, und wir sitzen gemütlich bei Tisch. Mein Onkel erzählt über meine Cousine, wie gut sie in der Schule ist, was für ein braves, wundervolles Mädchen sie ist. Meine Cousine lächelt verlegen. Lob hier und da; Erinnerungen – weißt du noch?

»Und wie läuft es denn bei dir so, Ayla?«, fragt mich mein Onkel. »Hab gehört, du machst jetzt bald dein Abitur?«

»Mhh, jaja. Ja, eh, ich mach mein Abi bald.« Was anderes will er eh nicht hören. »Also, ich bin noch in der 11.« Für ihn bin ich das Rowdykind, das nichts hinbekommen wird.

»Ah schön, schön, ah ja, meine Emine will mal Ärztin werden!«

Hui, und sie lachen und ergötzen sich an dieser Perfektion von Tochter. Für drei Minuten, dann sind auch schon wieder andere Themen dran wie die Gesundheit von Oma und Opa, der Urlaub und das Auto, irgendwas auf Türkisch, wo ich schon lang nicht mehr hinhöre. Mhh, na ja.

Sinan, Emine und ich gehen nach dem Essen in Sinans Zimmer, Xbox zocken. Da frag ich sie trocken: »Willst du echt Ärztin werden?«

»Mal schaun!«

Kurz »Ah«, ich nicke, und wir zocken weiter. Nach fünf Minuten habe ich eigentlich keinen Bock mehr. Mit Sammy zocken macht viel mehr Spaß. Hab irgendwie Lust, mich mit ihm zu treffen, aber das geht ja jetzt nicht, beziehungsweise ich kann ihn nicht anrufen. Mhh, aber ich kann Hendrik anrufen, vielleicht geht er irgendwohin, wo Sammy auch ist. Ich gehe auf mein Zimmer und rufe Hendrik an.

»Hey, Ayla, du hast dich ja voll lang nicht mehr gemeldet, Alter«, begrüßt er mich herzlich. Und ich habe Glück: Er fragt mich gleich, ob ich nicht Bock hätte, mit auf eine Party zu gehen.

Also frage ich meine Eltern: »Darf ich auf den Geburtstag von ... aus der Schule? Ich mach auch nicht so lang, hab den ganzen Tag geschlafen, und Emine will bestimmt bald ins Bett, ich kann aber noch nicht ...«

Sie willigen ein. »Aber ich möchte, dass du morgen gemeinsam mit uns frühstückst, Ayla, also bitte mach nicht so lang, okay?«

»Okay!«

Duschen, Haare glätten, Wimperntusche und los. Ich hoffe, dass Sammy auch da ist.

Treffen uns um 22:00 Uhr vor dem Kiosk am Briesenplatz. Als ich die beiden so betrachte, frag ich mich, was denn mit Hendrik passiert ist. Die beiden sehen aus wie Barbie und Ken. Seit wann trägt Hendrik Polohemden, vor allem in Babyblau? Oh mein Gott! »Na, hast du ein neues schönes T-Shirt?«, frag ich mit einem sarkastischen Unterton.

»Das hat mir Micha geschenkt, geil, ne? Ein echtes Lacoste.«

»Eh ja, cool.« Find ich zwar echt hässlich, aber das muss ich ihm ja jetzt nicht auf die Nase binden. Doch ich kanns mir nicht verkneifen: »Und haste auch schon ein rosanes?«

»Rosa? Willste mich verarschen?«

»Nee, hab ja nur gefragt!«

Und wir steigen in die Bahn. Micha ist irgendwie verstummt. Vielleicht sieht sie mich immer noch als Konkurrentin? Ich sie definitiv nicht. Vielleicht peilt sie es ja, wenn

Sammy gleich da ist. »Wer issen alles da?«, frag ich, aber seine Antwort fällt nicht sehr bereichernd aus: »Keine Ahnung, mal schaun.«

Toll. Na ja, werd ich ja gleich sehen. Irgendwie bin ich aufgeregt. Ich kippe die Flasche Bier auf der Hinfahrt in der Bahn nur so runter und male mir aus, was zwischen Sammy und mir passieren könnte. Wir kommen an. Wieder eine Party von einem reichen Schnösel, der sich beliebt machen will. Auf der Party sind ebenfalls nur Schnösel. Denke mir, halt noch etwas durch, Ayla. Hätt ich doch wenigstens Lara gefragt, ob sie mitkommt – obwohl, sie hätte hier richtig abtörn geschoben. Fühle mich irgendwie wie das fünfte Rad am Wagen, mit Micha und Hendrik. Also hol ich mir noch ein Bier, schau mir dieses wunderschöne Haus, fast schon Villa, an und hole mir ein weiteres Bier. Die Gesprächsthemen sind so behindert. Langeweile.

Will Sammy ne SMS schreiben: Kommst du auch auf die Party? Oder: Sammy, was machst du heute Abend so?, aber schicke sie dann doch nicht ab. Ich mein, er muss mich doch für total bescheuert halten. Also warte ich ab und trinke noch ein Bier. Gott, die Leute sehen alle gleich aus. Ich verstehe, dass Lara diese Menschen hatet. Auch wenn sie mich manchmal damit nervt. Alle Mädels tragen Röhrenjeans, T-Shirt mit Glitzersteinchen oder irgendwelchen anderen »verrückten« bunten, »individuellen« Massen-Motiven. Ich bin die einzige Türkin, nicht, dass es mir so wichtig wäre, dass andere dabei sind, es fällt einfach nur auf. Mit meinen schwarzen Leggings, meinem *Die Yuppie Scum*-Shirt drüber und meinen schwarzen, ausgelatschten, dreckigen Fake-Chucks seh ich aus wie ein Penner. Und das ist auch gut so. Früher war es noch peinlich, beim Aldi einzukaufen und Kik-Klamotten zu tragen, jetzt ists cool, zumindest für mich. Ich muss mein Selbstwertgefühl nicht mit einer Marke auf der Brust aufwerten. Brauche ich nicht, will auch nicht irgendwo dazugehören, wie alle andern aussehen und schleimscheißen. Verdammt, wo bleibt Sammy? Geh in die Küche und hol mir wieder ein Bier. Mach noch bei zwei Trinkrunden-Shots mit und …

20. Mai

Wache auf. In einem hellen, weißen, kahlen Zimmer in ner Altbau-Wohnung. Seh den Stuck an den Wänden, dreh mich nach rechts, und sein bubenhaftes Gesicht starrt direkt in meins. Aaa-h!, hab ich mich erschrocken.

»Was ist los?«, fragt er. Scheiße, mein Herz rast. Ich such meine Klamotten zusammen, knall die Zimmertür zu, such den Ausgang, lauf das Treppenhaus runter und raus. Wo bin ich? Die Straße kommt mir bekannt vor. Scheiße, der Italiener. Scheiße, meine Eltern! Es ist 11:00 Uhr, scheiße, die sind schon wach!

Setz mich in die U-Bahn und fahr nach Hause. Ich erinnere mich nur an Bruchteile; ich weiß, dass ich von der Party weg bin und irgendwie diesen Italiener kennengelernt hab, einfach so auf der Straße. Sah ganz okay aus, dunkle Haare, bubenhaftes Gesicht, grün-braune Augen, wie Sammy, Mitte zwanzig. Ich habe ihn einfach geküsst, er hat mich mit zu sich genommen, sind mit seinem Auto gefahren. Mist. Was sollte das? Ich wollte doch nur noch bewussten guten Sex haben. Keinen Frustsex. Okay, ich war besoffen, und mein Verstand hat nicht funktioniert, beruhige ich mich selbst, es ist nun mal passiert. Mir ist klar, dass ich versucht hab, das mit Sammy zu kompensieren. Scheiße! Ich muss irgendwie zu Hause erklären, warum ich nicht dort geschlafen hab.

Steh vor unserer Wohnungstür, stopf mir noch ein Kaugummi in meinen Mund, damit ich nicht so eine krasse Fahne hab, und schließ die Tür leise auf in der Hoffnung, dass mich nicht gleich die ganze Familie hört. Vergebens, sie sind alle schon voll in Action. Meine Mutter kommt mir entgegen. »Ayla, wo warst du denn? Du hast mir doch versprochen, nicht so spät nach Hause zu kommen.«

»Ja, es tut mir voll leid, ich musste bei Lara schlafen, weil keine Bahnen mehr gefahren sind. Wir haben die letzte verpasst, ich wollte euch nachts nicht mehr wecken.« Gott sei Dank lassen sie das Thema schnell fallen. Dafür bin ich nun verpflichtet, den ganzen Tag heute und morgen mit der Familie zu verbringen.

Am Frühstückstisch kommt Sinan auf die glorreiche Idee, auf die Kirmes gehen zu wollen. Meine Eltern finden das toll und geben mir Geld, damit ich Sinan und Emine auf die Kirmes begleite und ihren Babysitter spiele ...

Zuckerwatte, Autoscooter, Zielscheiben treffen, Lebkuchenherzen, Geisterbahn, Bratwurst, Pommes, Karussell für die Kleinen ... Achterbahn für die Großen, alles blinkt in verschiedenen Farben, es klimpert und leuchtet, Mucke auf höchster Lautstärke und der Autoscooter-Moderator, der immer reinquatscht. Emine und Sinan holen sich zwei Wertmarken und stehen zum Fahren an. Das alles stresst, die Musik, der Moderator, die Teenies, und ich frag Emine, ob es okay ist, wenn ich kurz nen Freund besuche. Sinan und Emine geben ihr Okay.

Ich ruf nen Ticker an, kauf mir nen Fünfer *ot*, gut, reicht für zwei Joints. Setz mich in den Park. Hör den *Kalter Wind*-Beat, will nachdenken, doch nur Leere ist in meinem Kopf. Meine Emotionen treiben mit dem Beat. Guck mich im Park um, distanzier mich von allem, zieh am Joint. Atme tief aus. Es wird schon alles okay, Ayla. Die Hook kommt, der Beat wird emotionaler, und zwei Tränen kullern mir die Wangen runter. So kann das nicht weitergehen. Der Beat geht aus, die Äste wehen im Wind, die Vögel zwitschern, die Kirchenglocken läuten, und ich fang mich wieder. Ich muss damit aufhören, weil ich mir damit keinen Gefallen tue. Das spüre ich, dafür brauch ich keine Fina oder sonst wen. Ich mein, zumindest erkenn ichs, ich fühl mich irgendwie leer. Zieh noch einmal am Joint, schmeiß ihn weg, tret ihn platt. Es geht weiter. Geh wieder zurück in Richtung Kirmes. Schließlich kann ich die beiden nicht so lang allein lassen.

Sinan wirkt gelangweilt: »Mann, Ayla, wo warst du, uns ist die Kohle ausgegangen.«

»Wo ist Emine?«

»Die ist auf Klo, kommt gleich.«

»Cool.« Emine kommt, und wir spazieren alle nach Hause.

*

Am Abend im Bett erzählt mir Emine, dass sie einen Jungen kennengelernt hat, mit dem sie sich morgen gerne noch mal auf der Kirmes treffen möchte.

»Was für einen Jungen?«, frage ich.

Und sie erzählt von »Erol«: »Ayla, der ist so süß und schon 18, ich würd den so gern morgen wiedersehen, aber Papa lässt mich bestimmt nicht. Darf ich mich morgen mit dem treffen? Und du sagst, dass wir gemeinsam unterwegs sind?«

Warum nicht, denk ich mir, das arme Mädchen darf nicht mal nen Freund haben. Die coole Cousine zu sein, das hat was.

»Okay, aber nur, wenn du keine Scheiße baust.«

»Nein, Ayla, wirklich, versprochen.«

»Kein Alkohol, keine Drogen und nichts Schlimmes, Emine! Okay?«

»Ja, Ayla, versprochen, das würd ich sowieso niemals machen!«

Mein Onkel ist einfach total konservativ im Vergleich zu meinen Eltern. Außerdem find ichs gar nicht so schlecht, morgen mal etwas Zeit für mich zu haben. Was Sammy wohl gerade macht? Wir hören noch eine *Die drei ???*-Kassette und schlafen ein.

21. Mai

Nach dem Frühstück gehen wir zusammen aus dem Haus. Sinan will auch auf die Kirmes. Ich weihe ihn ein und bitte ihn, ab und zu ein Auge auf unsere Cousine werfen.

Ich gehe zu Ali, um ihn nach etwas *ot* zu fragen. Eigentlich verkauft er keine kleinen Mengen, aber für mich macht er vielleicht eine Ausnahme …

Als ich bei Ali ankomme, erzähle ich ihm gleich von Murats Aktion im Kiosk. Wow, er dankt mir sogar, dass ich das nicht meinen Eltern erzählt habe, und sagt, ich hätte was gut bei ihm. Mmh? Steht der auf mich?

»Weißt du, Ayla, du bist eigentlich korrekt, du reißt manchmal einfach deine Klappe zu weit auf. Manchmal muss man einfach die Klappe halten. Man muss nicht zu allem seinen Senf dazugeben. Du wusstest doch, dass Murat abtörn auf dich schiebt. Glaubst du, dass du was dran ändern kannst, dass die Jungs ihren Job erledigen? Du hast ihn einfach nur provoziert, aber so funktioniert das hier nun mal nicht. Du kannst die Welt nicht nach deinem Belieben ändern.«

Das kommt mir bekannt vor, ich mein, so was Ähnliches hab ich doch Lara auf der Party erzählt. Mein Gott, scheiß Argument, denk ich mir. »Trotzdem sind die kacke!«

»Ich sag es dir ein letztes Mal, als Freund, misch dich nicht in alles ein! *Ne yararı var ki senin için?* (Was hast du davon?) Du hast eine gute Schulbildung, kannst so einfach herabschauen und urteilen, aber misch dich nicht in Sachen ein, die du nicht beeinflussen kannst. Das ist eine Liga zu groß für dich. Weißt du, das ist schön mit deiner Schule und so, vielleicht wirst du ja mal Anwältin oder Ärztin, wirklich, geh deinen Weg, und du bist hier irgendwann weg. Akzeptier endlich, dass andere anders für ihr Brot arbeiten!« Nee, der steht nicht auf mich!

Ich seh es nicht so, aber ich merke auch, dass es keinen Sinn mehr macht, mit ihm darüber zu diskutieren, also sage ich weiter nichts dazu. Dann rollt er einen Joint, und zum ersten Mal habe ich das Gefühl, dass Ali mir gegenüber ehrlich gewesen ist. Wir rauchen und quatschen irgendwas über Musik und Videos auf MTV. Gott, ich bin voll dicht. Er baut echt dicke Joints, da kann ich nicht mithalten. Hui, langsam möchte ich weg hier. Wenn ich breit bin und mich unsicher fühle, ist das voll abtörn. Starre auf mein Handy. Wir haben bereits 16:00 Uhr.

Ob es Emine wohl gut geht? Ich ruf sie an, sie geht nicht ran, wahrscheinlich hört sie das Telefon durch die laute Mucke am Autoscooterstand nicht, oder sie knutscht grad mit ihrem Schwarm rum, keine Ahnung. Aber irgendwie bin ich unruhig, verabschiede mich von Ali, geh wieder auf die Kirmes, bin eine halbe Stunde zu früh da, was fürn Scheiß. Weder Sinan noch Emine sind hier, also setze ich mich vor der Kirmes auf eine Parkbank. Kirmes bedeutet echt nur Stress: Schlägerei, blöde Teenies und alte Menschen. Mich jetzt auf die Schnelle mit Sammy treffen, geht auch nicht, also beobachte ich die Leute und hör Rap-Lieder.

So, es ist halb fünf. Ich gehe wieder zum Autoscooter, warte dort, wo wir verabredet sind. Als Emine nach zehn Minuten weder erscheint noch an ihr Handy geht, fange ich an, nervös zu werden, und hoffe nur, dass sie nicht zu einer

Alkoholleiche geworden und auch nicht mit dem Jungen nach Hause gegangen ist. Ich laufe dreimal im Kreis, suche überall und gehe erneut zum Autoscooterstand, frage dort ein paar Jugendliche aus Sinans Stufe, ob sie Emine gesehen hätten, doch keiner kann mir weiterhelfen. Dann geht Sinan endlich an sein Handy.

»Wo bist du?«, frage ich ihn vorwurfsvoll, nervös, wütend, genervt.

»Ich bin mit den Jungs unterwegs, Ayla.«

»Aber du solltest doch Emine im Auge behalten!«, noch genervter.

»Ja, die ist aber mit so nem Typen weg, da hab ich mir gedacht, da kann ich auch weg.«

»Mann, Sinan, ich hab dich einmal um was gebeten! Wo ist sie denn hin? Sie ist auf jeden Fall nicht hier, wo wir uns treffen wollten.«

»Sie hat mir gesagt, dass du dein Okay gegeben hast, Ayla! Keine Ahnung, außerdem solltest du auf sie aufpassen, schieb mir jetzt nicht alles in die Schuhe, die taucht schon wieder auf!«

»Wir müssen aber bald nach Hause, Sinan, wir essen gleich, und dann fahren Onkel und Emine schon wieder. Wenn wir zu spät kommen, sind sie bestimmt sauer! Dann geh du bitte jetzt nach Hause und sag, dass wir beide noch etwas dableiben wollen und später kommen!«

»Na gut, und wann soll ich sagen, dass ihr kommt?«

»Keine Ahnung, sag, dass wir in ein, zwei Stunden oder so kommen, wir haben grad so viel Spaß oder so!«

Aufgelegt. Scheiße, weiß nicht, wo ich anfangen soll zu suchen. Ich rufe weiter Emine an, aber ihr Handy ist inzwischen ausgeschaltet. Also frage ich überall, ob irgendjemand ein blondes 14-jähriges türkisches, pink gekleidetes Mädchen gesehen hat, und endlich habe ich Erfolg. Zwei Jungs am Autoscooter erzählen mir, dass Emine mit einem silbernen BMW mitgefahren sei. Ich stehe unter Zeitdruck, meine Eltern erwarten uns zum Abendessen. Mmh, denk ich, wenn Emine einfach so mit dem BMW mitgefahren ist, ruf ich Ali mal an, vielleicht hat der ja einen Plan. Es gibt nicht viele türkische Jungs, die mit 18 einen BMW fahren. Entweder ist er kriminell, hat ihn geleast, oder er hat reiche Eltern. Wenn er aber hier aus der Gegend kommt, ist wohl eher das Erste der Fall. Ich hab bei Ali noch was gut, und er kennt viele Leute hier.

»Hey, Ali, hier ist Ayla ... ehm, ja, noch mal, ehm, ist jetzt vielleicht ne komische Frage, aber mir ist da was Blödes passiert, und ich wollt dich fragen, ob du mir vielleicht weiterhelfen kannst!« Ich erzähle ihm leicht hektisch und chaotisch, dass ich meine Cousine nicht finden kann, und frage ihn, ob er einen Typen namens »Erol« mit einem silbernen BMW kennt. Er sagt mir, dass ich mich erst einmal beruhigen soll, und bittet mich, bei ihm vorbeizukommen.

Als ich in der Wohnung ankomme, telefoniert Ali bereits alle seine Freunde durch und fragt, ob jemand von einem neuen Mädchen gehört habe. Erst sind wir erfolglos, niemand hat Emine gesehen, bis Ali mich noch mal nach dem Auto fragt: »Also ein silberner BMW, ja?«

»Ja!«

»Mehmet hat einen silbernen BMW, und sein kleiner Bruder heißt Erol!«

Ali versucht, Mehmet zu erreichen. Er geht in die Küche, macht die Tür zu und brüllt irgendwas auf Türkisch, was ich nicht richtig verstehe, er scheint wütend zu sein, kommt raus, sagt bloß: »Okay, Ayla, ich glaub, wir haben deine Cousine gefunden, lass uns losfahren!«

»Wie, aber, was ist los? Wo ist sie, gehts ihr gut?«

»Okay, Ayla, ihr ist schon nichts passiert!« Aber warum war er dann gerade eben so wütend gewesen? Ich hoffe, dass es Emine gut geht!

»*Haydi,* Ayla, mach jetzt keine Panik, deine Cousine ist in Pollerndorf!«

Wir steigen in Alis schwarzen alten Mercedes und fahren los! Hören laut *Money* von The Game, und irgendwie fühle ich mich cool, als wir so durch die Straßen von Köln über die Autobahn nach Pollerndorf rasen. Auch wenn es nicht grad die passende Situation zum Coolfühlen ist.

Angekommen endlich, Pollerndorf ist echt hässlich, eine Platte nach der anderen. Wir laufen ne Platte hoch zum 15. Stock. Ali klopft echt wütend und brüllt: »Ey, Erol, hier ist Ali, mach die Tür auf!« Erol öffnet die Tür und begrüßt Ali herzlich: »Heeeey Ali, *abi*, was ist denn los? Komm rein, ich hab ne Überraschung für dich!«

»Was für eine Überraschung? Heh?!!« Wir kommen in die Wohnung, und ich sehe Emine auf einer Couch sitzen. »Emine, wie konntest du nur? Ich hab doch gesagt, du sollst mit niemandem mitfahren! Was soll das hier? Was machst du hier? Warum bist du nicht zu unserer Verabredung gekommen? Warum bist du nicht an dein Handy gegangen?!«

Ali macht den Typen an: »*Köpek seni* (du Hund), du, was soll das, dass du dir hier Mädchen von Bekannten klarmachst, hee? Weißt du, wessen Mädchen das ist, *itoğluit* (du Hundesohn)? ... Du bist echt zu nichts zu gebrauchen, du ...!« Ali hält Erol eine gangstermäßige Moralpredigt über Ehre und Respekt gegenüber der Familie. Der Typ hat Emine nichts getan, der erste Freier sollte erst um 20:00 Uhr kommen. Der Typ entschuldigt sich tausendmal, und ich denk mir: Ihn sollte man auf dem Scheiterhaufen verbrennen! Ali fährt uns wieder nach Hause.

Meine unerfahrene, naive Cousine Emine hat natürlich nicht geschnallt, dass er sie verschleppen wollte. Schließlich war er doch so nett zu ihr! Er habe ihr sogar eine Goldkette geschenkt. Selbst, als wir schon im Auto sitzen, behauptet sie noch, er sei wirklich an ihr interessiert gewesen. Ich bin echt sauer, dass sie ihr Handy einfach ausgemacht hat. Jetzt sind Ali und ich quitt. Wir steigen vor unserer Haustür aus, sind zwar drei Stunden zu spät, aber dafür haben wir auch schon ne Ausrede parat.

Zu Hause schwören wir beide einander, dass das unser Geheimnis bleibt. Und Emine verspricht mir, nie wieder so einen Blödsinn zu machen. Dann fahren meine Cousine Emine und mein Onkel Harun zurück nach Berlin.

Als ich endlich im Bett liege, bin ich unglaublich müde, aber auch erleichtert und glücklich, dass wir noch so ein Glück gehabt haben. Und trotzdem ärgere ich mich über die Naivität meiner Cousine und diesen blöden Wichser Erol.

Ich freue mich auf die Schule morgen, ich freue mich, Sammy wiederzusehen, und ich freue mich, nun endlich wieder etwas Zeit für mich zu haben.

22. Mai

Ich habe von Sammy geträumt. Kann mich nicht mehr genau erinnern, irgendwie bin ich weggelaufen. Immer wenn ich zurückgeblickt hab, stand er in derselben Position hinter mir, ich bin nicht stehen geblieben. Er hat mir irgendwas hinterhergerufen, ich hab nicht auf ihn gehört, bin einfach weitergelaufen, bis ich auf einen Hügel kam. Ich war total außer Atem, musste eine Pause machen, also setzte ich mich auf die Spitze des Hügels, doch Sammy stand nicht mehr hinter mir. Ich wartete und wartete, doch er kam nicht, ein letztes Mal blickte ich um mich, dann entschied ich mich zurückzulaufen. Ich lief und lief, doch ich konnte Sammy einfach nicht finden. Ein Vogel flatterte vor mir, und ich dachte, er wolle mir die richtige Richtung zeigen, also lief ich ihm hinterher. Er führte mich zu einer Höhle voll mit Fledermäusen, die alle Gesichter von Bekannten hatten: Ali, Hendrik, Fina & Joseph, Peter, meine Familie und Freunde, Fernsehstars – nur Sammys Gesicht war nicht unter ihnen. Ich fragte sie, ob sie Sammy gesehen hätten, doch jeder erzählte mir etwas anderes über sich selbst. Und sie lachten mich aus, ich verstand nicht warum, schaute mich an, ich war nackt, ausgeleiert und alt. Es war dunkel, und ich hörte nur noch ihr schrilles Über-sich-selbst-Kreischen, und ich entschied mich fortzulaufen. Ich wusste nicht wohin und lief einfach den beleuchteten Weg vor mir lang ins Nirgendwo. Ich will keine Fledermaus sein, sagte ich mir und lief weiter auf der Suche nach Sammy.

Mein Wecker klingelt, 6:45 Uhr. Scheiße, ich will auch nicht wie Frau Krüger, die alte Verrückte aus dem achten

Stock, enden ... Lass meine Augen noch zu, Mann, ich will wissen, wie es weitergeht, kann ich nicht mal mit Happy End träumen?!, denk ich mir, da kommt auch schon meine Mutter in mein Zimmer: »Ayla, dein Wecker klingelt schon seit fünf Minuten, gleich geht er bestimmt wieder an, steh auf!« Ja, das war das schrille Gekreische der Fledermäuse, und ich gehe ins Bad.

Sammy fehlt mir sehr. Auf dem Weg zur Schule komme ich zu dem Entschluss: Ich muss mit Sammy reden, aber was soll ich ihm denn sagen? – Sammy, ich hab von dir geträumt? – Nee! – Sammy, ich glaube, ich bin in dich verliebt? – Nee! – Ich mag dich echt sehr? – Nee, mein Gott, das hört sich alles scheiße an!

»Ey, Ayla«, brüllt eine raue, maskuline Frauenstimme mir hinterher, und ohne zurückzuschauen, weiß ich, dass es Nadine ist. Okay, kein Bock auf Stress, was machen?, denk ich mir und geh einfach weiter.

»Biste taub?«, macht sie mich weiter an.

Ich drehe mich um. »Waas?«, frag ich patzig zurück.

»Gib mal Kippe!«, antwortet sie. Ducken und schleimen oder aufmucken und eins auf die Fresse kriegen, frag ich mich selbst und hol meinen American Spirit-Tabak raus. »Hier, dreh dir eine, aber beeil dich! Ich muss in die Schule«, entgegne ich ihr weder höflich noch schroff, einfach nur nüchtern.

»Eh, voll ekelhaft, das rauchen doch nur Penner.«

Mein Herz pocht heftig. Ich packe meinen Tabak ein und sage: »Okay, dann nicht«, und gehe weiter in Richtung Schule; einfach weiter, ohne zurückzublicken, mein Herz rast, sie wird sicherlich von hinten irgendeine Scheißaktion bringen, denk ich mir und gehe weiter. Sie lacht.

Ich sitze im Bus. Erleichterung. Heute ist sie anscheinend nicht so schlecht gelaunt wie sonst, na vielleicht hat sie ja keinen Bock mehr, sich mit mir zu streiten oder mich zu opfern.

*

In der Schule angekommen, treffe ich die Jungs vor der Raucherecke. Hendrik macht mich darauf aufmerksam, dass sich hinten an meiner Jacke und auch in meinen Haaren Spucke, gepaart mit grüner Rotze befinden. Wie konnte ich nur ansatzweise denken, dass Nadine mal nett ist?

Ich habe Mathe, und Sammy ist noch nicht aufgetaucht. Bin aufgeregt und hoffe, ihn wenigstens in der Pause zu Gesicht zu bekommen.

*

Pause endlich. Ich gehe mit Hendrik zur Raucherecke, und schon ist Micha da, die wie immer an ihm klebt.

»Guck mal, Ayla, geil, ne?« Hendrik zeigt mir seine Karte für das S.M.A.S.H.-Festival und fragt: »Wie siehts aus, biste dabei?«

»Mhh. Im Moment hab ich voll keine Kohle. Mit wem fährst du denn alles?«, frag ich in der Hoffnung, dass er auch Sammy erwähnt – er zählt fast alle auf, nur nicht Micha und Sammy.

»Also *ich* fahr da definitiv nicht mit, voll ekelhaft!«, fügt Micha hinzu.

Aber wen interessiert das?, denk ich mir und sag weiter nichts dazu. Stattdessen antworte ich Hendrik: »Ich glaub, dieses Jahr wird das nichts, ich hab keine 100 Euro für die Karte!«, und dann frage ich ihn so unauffällig wie nur möglich: »Sag mal, hast du zufällig Sammy gesehen?«

»*Saaag maaal*«, macht er mich nach, »läuft was bei euch? In letzter Zeit fragt er mich auch öfters nach dir.«

»Ach nee, Quatsch. Ich wollt nur ein bisschen *ot*«, rede ich mich da raus. Dann kommt Lara auf uns zu. »Ey, Leute, Geschichte fällt aus, das heißt, wir haben frei, wollen wir was im Park chillen?!?« Natürlich freuen wir uns alle, aber Hendrik und Micha gehen nach Hause.

Lara und ich setzen uns auf die Parkbank; die Sonne bräunt mein Gesicht und rötet Laras. Es fängt an mit Small Talk, bis wir irgendwann wieder wie in Amsterdam offen und ehrlich miteinander reden. Nur dass wir diesmal nicht betrunken sind. Ich erzähle Lara das erste Mal, was mir auf dem Herzen liegt, ich erzähle ihr von der Aktion bei Peter, Sammys Hilfe und meiner Polygamie. Dass ich gern mit Sammy auf das Festival gehen würde, und von meinen Albträumen. Sie hört mir gespannt zu und sagt: »Wow, ich glaube, so offen hab ich dich noch nie erlebt, ich fühl mich geehrt, dass du mir das erzählst.«

»Übertreib nicht, Lara, *geehrt*?« Ich ziehe die Augenbrauen kurz zusammen, grinse schnell hinterher. »Ich finds auch cool, dass ichs dir erzählen kann.« Es ist wirklich schön, mal nicht oberflächlich mit einer Person zu reden, mit jemandem, der mich und Sammy kennt. »Gott, ich fühl mich so komisch, Lara, ich wünschte, ich wäre einfach normal … und nicht so gestört … mir ist das alles so peinlich …«

»Mh, was heißt denn schon ›gestört‹? Wer ist schon sexuell ›normal‹? Guck mal, ich steh mehr auf Frauen, weil

Frauen generell viel zärtlicher sind, sie wissen halt, wie sich was anfühlt, während Männer Brüste kneten, massieren Frauen die Nippel zärtlich. Mir gefällt einfach die Körperform von Frauen, die Haare, der Geruch … außerdem sind Männer viel weniger nackt, wenn sie oben ohne sind. Deshalb sind Frauen für mich viel aufregender, die Struktur vom Bauch zu den Rippen, die Übergänge, das ist alles so weich, man muss außerdem nichts hart halten, geil halten, bei Frauen hab ich einfach mehr Spielraum, weil sich die Erregung viel länger hält – und, Ayla, ist das normal? Ist das Adam und Eva? Bin ich jetzt gestört? Nein, ich finds geil und steh dazu, nicht hetero zu sein, trotz des Rumgelästers … vielleicht hättest du ihm das nicht alles so an den Kopf werfen sollen, aber du warst halt verwirrt, ist doch nicht so schlimm.«

»Glaubst du nicht, dass Sammy mich jetzt für vollkommen geisteskrank hält?«

»Vielleicht? Keine Ahnung. Und wenn, wird er wahrscheinlich irgendwo auch genau das an dir lieben. Und wenn nicht, na dann nicht, dann ists auch gut so.« Sie ermutigt mich. »Geh doch einfach zu ihm, sag ihm, was du für ihn empfindest. Sammy ist nicht wie die andern, er hat dich bis jetzt ja auch nicht wirklich dafür verurteilt, er wird dir schon nicht den Kopf abreißen. Außerdem glaub ich, dass er sehr interessiert an dir ist, hast du nicht gemerkt, dass er dich in Amsterdam die ganze Zeit angeschaut hat?«

»Nee.« Grins.

»Doch, hat er, aber du hattest nur Augen für Hendrik und hast es nicht bemerkt. Ich glaube echt, er würde sich freuen, wenn du jetzt mal nen Schritt auf ihn zugehst.«

Lara ist meine erste richtige Freundin, denk ich mir, und irgendwie tut es mir das erste Mal richtig leid, dass ich immer so ignorant ihr gegenüber gewesen bin. Eigentlich ist sie echt cool. Wir legen uns auf die Wiese, in den Schatten, da Lara mittlerweile wie Dr. Soldberg aussieht, lassen auf meinem MP3-Player auf höchster Lautstärke über die Kopfhörer das Manu-Chao-Album laufen. Gemütlich.

Zu Hause angekommen, keiner da, hab die Wohnung für mich allein, mach mir erst mal nen Kaffee. Klick, der Wasserkocher kocht, gieß die Tasse mit 2/3 Wasser und 1/3 Milch auf. Zucker im Kaffee geht gar nicht, ich find, das schmeckt so benzinig. Geh auf mein Zimmer, setz mich vor den Computer, klick mich auf die üblichen verdächtigen Seiten wie MySpace, studiVZ, freundesanfragen bejahen, nebenbei öffne ich ein Tab und lass das *Death Rap (Instrumental)* von Necro, was mir Sammy gezeigt hat, auf YouTube laufen, melancholisch, aber schön. Klick auf meine Mail-Accounts, Loverboy790 hat mir geschrieben, Sven-Fiftytwo fragt, ob wir das Treffen nicht wiederholen möchten, und all die Benachrichtigungen nerven mich irgendwie, also lösch ich meinen Love Chat, Single Chat und meine anderen zwei Accounts. Ja, irgendwie bin ich fast schon wütend auf diese Typen, die mir schreiben. Ich höre Schlüssel klirren, schließe die Seiten, jemand kommt nach Hause, es klopft.

»Hi, Ayla.« Es ist Sinan.

»Hi«, rufe ich zurück, die Tür bleibt zu, er kommt nicht rein.

Schaue mir die Bilder auf der Internetseite des Festivals an, die Location sieht toll aus; der Zeltplatz ist nur ein bisschen weit weg vom Festival- beziehungsweise Konzertgelände.

Ich frage mich, warum alle schon seit Jahren auf Festivals »Helgaaa« schreien, vielleicht hieß ja mal eine Sturmbö im Wetterbericht »Helga« oder ein Hund? Keine Ahnung, ich finds lustig. Vor allem mag ich es, am See zu chillen, sich drei Tage einfach gehen zu lassen, Musik zu hören, zu grillen und mit Freunden Spaß zu haben, zu trinken und Dosenravioli zu essen. Das Einzige, was abtörnt, sind die Dixi-Klos, die verdammt mies stinken, und nie gibt es Klopapier. Es wäre echt cool, mit Sammy dieses Wochenende zu verbringen, es wäre auch lustig, wenn Lara mitkommt. Ich such auf eBay nach »billigen« Karten fürs S.M.A.S.H., doch vergebens, unter 90 Euro ist nichts dabei. Diese blöden Preise, daran kann es doch nicht scheitern! Dann klopft es an meiner Zimmertür. Sinan kommt rein und fragt irgendwie lustlos: »Wollen wir Playsie zocken?«

»Ja, können wir machen.« Ich hatte sowieso nichts Besseres zu tun.

Als wir zocken, kommt mir mein Bruder ziemlich leidenschaftslos im Gegensatz zu seinem gewöhnlichen Spielverhalten vor, irgendwas liegt ihm auf dem Herzen. Also frage ich ihn: »Was ist los? Du bist die ganze Zeit schon so komisch.«

Er sagt lang nichts, scheint mit sich selbst zu ringen, mir etwas erzählen zu wollen, also warte ich. Nach fünf langen Minuten fängt er an: »Schwör, dass du das nicht Mama und Papa erzählst, ja?«

»Nein, Mann, mach ich nicht.«

»Also, ich, ich war heute ja in der Schule, ne?« Und er macht schon wieder eine Pause

»Ja und? Was ist in der Schule passiert?«

»Ja, also, wir waren halt in der Pause mit den Jungs, also mit Ilan und so, und da haben wir uns über so nen Typen Pawel lustig gemacht, war ja okay, da der echt voll der Schleimer ist. Aber irgendwie ist das alles eskaliert, Ilan war ziemlich sauer und hat den dann mit Mustafa richtig plattgemacht.«

»Wie, und du hast mitgeschlagen?«

»Nee, ich hab das mit der Handy-Kamera gefilmt, ich wollt das nicht wirklich, ich schwöre, Ayla, ich kenn Pawel schon voll lang. Ich wollt den nicht schlagen und auch nicht filmen, aber Ilan hat mir einfach sein Handy in die Hand gedrückt und gesagt: »Film!« Keine Ahnung, und ich hab ihn gefilmt. Wir haben ihn da liegen lassen und sind gegangen. Ich weiß nicht, jaa, der sah ganz schön kaputt aus, die Nase ist definitiv gebrochen. Ich schwöre, ich wollte den nicht fertigmachen, ich hab den Jungs auch gesagt, das reicht, lass gehen, aber irgendwie war Ilan ziemlich wütend und hat immer weiter auf seinen Kopf und Körper getreten.«

»Scheiße, Mann, du wirst wegen denen noch von der Schule fliegen. Hast du wenigstens einen Krankenwagen gerufen?«

»Wie denn, ich war mit den Jungs bis eben zusammen.«

»Wieso hältst du dich nicht fern von diesen Spinnern! Mann, halt dich fern von denen. Wenn die dich fragen, ob du Bock hast, was mit ihnen zu machen, sagst du einfach, du hast keine Zeit, Mann!«

»Klar, und irgendwann bin ich der Nächste, der eins auf die Fresse kriegt!«

»Na und? Dann kriegst du halt eins auf die Fresse! Dann kauf dir halt ein Pfefferspray und wehr dich, aber willst du wegen solchen Spinnern deine Zukunft kaputt machen?

Hast du diesen Pawel mal angerufen und ihn gefragt, wie es ihm geht?«

»Wieso soll ich ihn anrufen? Der hasst mich und wird mich wahrscheinlich auch anzeigen!«

»Du solltest dieses Handyvideo löschen, das ist ein Beweis, dass ihr das wart, und zweitens opfert und demütigt ihr den Jungen so noch mehr. Das ist richtig asi, Sinan!«

»Ach nee. Aber soll ich einfach Ilans Handy nehmen und den Film löschen oder was? Der hat das bestimmt sowieso schon ins Netz gestellt.«

»Der einzige Weg, das ansatzweise wiedergutzumachen, ist, sich um das Video zu kümmern, es zu löschen und diesen Jungen anzurufen und zu fragen, ob es ihm gut geht.«

Er schweigt und ich auch, dann geb ich ihm einen Kuss auf die Wange und sage: »Ich finds echt cool, dass du mir das erzählst. Ich werde es für mich behalten, aber du musst jetzt handeln, *canim* (mein Herz), *tamam*? Okay, es ist jetzt passiert. Aber scheinbar kannst du ja nicht mit ruhigem Gewissen damit leben, also musst du deinen Mann stehen, auch wenn sich das ›Mann stehen‹ komisch anhört und auch wenn du dafür eins auf die Fresse kriegst.«

Seine Mundwinkel bleiben unten, er schaut auf den Boden, nickt einmal und sagt: »Ich will jetzt bisschen allein sein.«

Ich geb ihm noch einen Kuss auf seinen Kopf und gehe. Irgendwie tut mir mein Bruder leid. Ich mein, wie soll man mit so einer Situation umgehen? Mir ist klar, dass von außen Ratschläge geben einfacher ist, als selbst in solch einer Situation zu stecken. Ich hab auch keine allgemeine Lösungsformel für das Nadine-Problem. Ich glaube, wegziehen wäre die einfachste Lösung, aber dafür haben wir leider keine Kohle.

23. Mai

Wache auf, öffne meine Augenlider, starre auf den Wecker. Es ist erst 4:30 Uhr. Fuck, ich muss weiterschlafen. Versuche, mich auf den Traum von gestern zu konzentrieren, irgendwie klappt das nicht. Versuche, an positive Erlebnisse in der Realität zu denken, denk an Sammy, stell mir vor, wie es wohl auf dem S.M.A.S.H.-Festival mit ihm wär. Fühle mich irgendwie allein, seit ich Sammy richtig kennengelernt und ihn so schnell wieder vergrault hab.

06:45, mein Wecker klingelt, ich steh auf. Scheiße, kaum geschlafen, mach mich frisch und geh in die Küche, Sinan ist schon wach, wir sind müde und still, reden nur übers Nötigste und frühstücken gemeinsam.

»Heute fahren wir zusammen, ich fahr mit dir einen Bus vorher!«, schlag ich ihm vor.

»Du musst jetzt nicht auf mich aufpassen, Ayla!«

»Ich will aber einen Bus früher nehmen.«

»Ich nehm aber heute einen Bus später.«

»Gut, dann nehm ich auch einen Bus später!«

»Oh Mann, Ayla«, brummt er.

»Du willst nicht in die Schule, oder?!«

Er sagt nichts.

»Wenn du willst, dass das irgendwie wieder gut wird, musst du heute in die Schule, Sinan!« Am liebsten hätte ich meinen Eltern von der Sache erzählt. Ich weiß nicht, was für Maßnahmen sie ergreifen würden, aber ich bin mir sicher, dass Sinan mir danach nie wieder was erzählen würde und ich sein Vertrauen verloren hätte, also sag ich nichts, und wir fahren gemeinsam zur Schule. In der Pause kommt er am Boden zerstört zu mir. »Scheiße, Pawel hat gepetzt, und wir werden angezeigt, und die haben eben Mama und Papa angerufen, ich bin am Arsch, Ayla!«

»Mach dir keinen Kopf, es wird alles gut, die beiden würden dich niemals in ein Heim stecken, oder? Du solltest dich um dieses Video kümmern.«

»Ja, Mann! Ilan will das gar nicht mehr ins Netz stellen! Er weiß, dass wir dann noch härter bestraft werden!«, stänkert er herum. Ich ziehe meine Mundwinkel nach unten: »Sorry, ey, da musst du jetzt durch.«

Meine Eltern werden sehr enttäuscht von meinem Bruder sein, sie tun mir leid. Wir leben zwar zusammen in einer Wohnung, aber was wir erleben, ist wie eine fremde Welt für sie. Irgendwie geben sie ihr Bestes, aber sie wissen eben nicht, wie es ist, hier groß zu werden. Ich will weg hier. Will am liebsten mit Sammy übers Wochenende zum Festival. Ja – das mach ich – jetzt, ich werde mein Erspartes für den Führerschein zum Teil abheben und uns beiden Karten kaufen. Fahr nach Hause, hol mein Sparbuch und kauf uns beim Ticket-Shop in der City zwei Karten. Als ich die Karten in der Hand halte, hui, werde ich ganz aufgeregt, freue mich und hoffe, dass Sammy mitkommt. – Ja, ich geh gleich zu Sammy und werde ihn überraschen! Hmm, oder doch nicht? Will ihn nicht wieder überrumpeln, außerdem seh ich ziemlich gammlig aus, und mir ist es lieber, wenn ich dabei nicht wie der letzte Penner aussehe. Will aber auch noch nicht nach Hause und den Stress mitkriegen, also verabrede ich mich mit Lara im Park. Fahre in der S-Bahn, höre Sexismus gegen Rechts und muss lachen, es riecht nach Hundepisse und Schweiß, ihhh.

Die Sonne scheint, die Menschen sind einfach besser gelaunt, wenn die Sonne scheint. Vor mir sitzt ein älteres Ehepaar, die sehr liebevoll miteinander umgehen. Mein Handy klingelt, Lara sagt ab, toll. Scheiße, na ja, geh trotzdem in den Park.

Angekommen, leg ich mich auf die Wiese, schließ die Augen und hör mir Kery James' *Pleure en Silence* an, französischer Rap. Ich verstehe zwar kein Wort, aber ich fühle das Lied, es rappt einem diese Trauer, diese Ungerechtigkeit, diese Wut von der Seele, alles, was ich aber wirklich verstehe, ist »Mask« und »Ghetto-Sex«, oder vielleicht verstehe ich da auch was falsch? Egal, das ist ja das Schöne daran, man hat seine eigene Geschichte zu den Liedern.

Als ich am Abend vor meinem Kleiderschrank stehe und die S.M.A.S.H.-Karten auf meinem Schreibtisch liegen, bin ich total aufgeregt. Räume alle meine Klamotten aus, denke an das weiße Kleid von R und L. Lege alles wieder nacheinander rein, aber alles sieht scheiße aus, Kacke. Letztendlich entscheide ich mich doch nur für mein Sefyu-Shirt.

24. Mai

Mein Wecker klingelt heute 15 Minuten früher, 6:30 Uhr. Juhu, ich steh sofort auf, spring unter die Dusche, Haare waschen, rasieren, Zähne putzen, fertig. Mach mir einen Kaffee, föhn und glätte mir mein Haar, guck mir den Wetterbericht an, ah, 24 Grad, sehr gut. Und steh wieder vor meinem Kleiderschrank in der Hoffnung, dass sich da doch noch ein Teil verbirgt, das ich vergessen hab und schön finde. Vergebens. Also muss ich das Sefyu-Shirt anziehen. Schminke mich heute mal, ob das Sammy auffällt? Wimperntusche, etwas braunen Lidschatten und peachfarbenes mattes Rouge.

Ich gucke mir die Festivalkarten an, freue mich, bin aufgeregt und steck sie in meine Tasche. Heute nehm ich einen Bus früher, die Wahrscheinlichkeit, dass ich dann Nadine begegne, ist geringer. Nicht, dass sie mir die Karten noch abzieht, boa, dann würd ich mich richtig mit ihr prügeln müssen. Mein Bruder fährt nicht mit, er hat Hausarrest und wurde eine Woche von der Schule suspendiert. Ich verstehe nicht, dass sie ihn suspendiert haben, das schadet ihm doch noch mehr, der Arme, na ja, immerhin kann er ausschlafen.

Trink noch einen Schluck Kaffee, und los gehts. Draußen ist es schön hell, ja, heute ist ein schöner Tag. Sitze in der Klasse, Mann, bin ich aufgeregt. Ich kann dem Unterricht kaum folgen, wippe nervös mit den Füßen rum, bis endlich der Gong zum Pausenanfang läutet. Weder die erste noch die zweite Pause bekomme ich Sammy zu Gesicht. Vielleicht ist er krank?

Nach sechs Stunden Unterricht gehe ich erst mal mit Lara in Richtung Park.

»Und hast du Sammy gesehen und mit ihm gequatscht?«, fragt sie mich neugierig.

»Nee, aber weißt du was? Ich hab uns Karten für das Festival gekauft«, erzähle ich ihr freudig.

»Cool, woher hattest du denn die Kohle?«

»Hab das Geld für meinen Führerschein zum Teil auf den Kopf gehauen!«

»Wann fahrt ihr denn? Mhh, irgendwie würd ich gern mitfahren!«

»Echt, meinste, das ist deine Mucke?«

»Nee, aber ich hätte schon Bock, mit euch auf das Festival zu gehen, auf einen neuen Trip.«

»Cool, dann lass uns alle zusammen fahren, das wird sicher lustig.« Als wir so in Richtung Parkbank laufen und ich auf die Bank schaue, sehe ich Sammy und neben ihm: Sabrina – abtörn! Ich zeige auf die beiden: »Kraaass, guck mal, Sammy und Sabrina sitzen da auf der Bank«, und bleib stehen.

»Ach, na ja, Ayla, da ist bestimmt nichts«, redet mir Lara gut zu.

»Nee, warte mal, vor der blöden Kuh will ich ihm die Karte nicht geben, lass uns mal nicht dahin gehen.«

»Komm schon, Ayla, die beiden rauchen vielleicht nur einen Joint.«

»Jaja, klar, der hatte doch was mit der!«

»Na und? Du hattest doch auch was mit mir, oder?«

Eh, warum musste sie mich jetzt daran erinnern, ich dachte, wir hätten das geklärt und verlieren da nie wieder ein Wort drüber, na ja. »Na gut!« Und wir gehen weiter in Richtung Parkbank. Die beiden stehen auf, als wollten sie gehen, noch haben sie uns nicht gesehen. Neeein, Sammy umarmt sie! Ich kann nicht einordnen, ob sie sich küssen. Scheiße, ich komme mir so verdammt blöd vor, mit den S.M.A.S.H.-Karten in der Hand und meiner blöden Träumerei, das hat mir noch gefehlt. Ich gehe zu den beiden, die sichtlich erschrocken sind.

»Kacke, ich hab echt geglaubt, dass dir was an mir liegt!« Und ich werfe die blöden Karten auf den Boden. Ach, Kacke, das war ein Fehler!, denk ich mir gleich hinterher, da entgegnet mir Sammy, der sich inzwischen von den Schlingen dieser Hexe befreit hat: »Was geht denn mit dir, Ayla? Biste bescheuert? Du bist doch diejenige, die ihre Hippie-Scheiße nur als Vorwand benutzt, um sich alles offen zu halten! Und wenn ich was mit Sabrina gehabt habe, na und? Ich will nicht wissen, was du alles gemacht hast!«

»Nein, aber nicht so was, das hab ich nicht gemacht!« Mir kommen die Tränen, alles ist mir so unglaublich peinlich, und ich beschließe, einfach zu gehen. Wär ich doch gar nicht erst hierhergekommen, kacke! Lara läuft mir hinterher. »Hee, Ayla!«

Ich habe jetzt echt keine Lust mehr auf irgendeinen Ratschlag von irgendwem. »Lass mich!«

Sie lässt mich. Ich denk an die S.M.A.S.H.-Karte, meinen Führerschein, bleib fünf Sekunden stehen, lauf zurück, heb doch noch eine der beiden Karten auf, sag: »Überlegs dir, die andere ist für dich!«, und geh. Lara will mir noch hinterher, aber ich will nichts anderes als nach Hause und in mein Bett. Scheiße, ich bin wieder viel zu emotional gewesen, mir ist das so unangenehm. Aber ich konnte ihm doch nicht vor allen erzählen, dass ich keinen Spaß mit den letzten Sex-Begegnungen und meiner Polygamie gehabt habe und dass ich ständig nur an ihn denken muss und die Karten gekauft hab, um ihm zu zeigen, wie wichtig er mir ist, mhh, seufz. Ich hab echt ein Talent dafür, Sachen, die mir wichtig sind, zu zerstören. Hab die Karte einfach auf den Boden geworfen. Kacke. Ob er wohl zum Festival kommen wird? Wohl eher nicht. Toll, jetzt steh ich wieder am Anfang. Scheiße. Jetzt kann ich nur noch das S.M.A.S.H. abwarten, dann hab ich meine endgültige Antwort.

Ich will doch nicht nach Hause und geh stattdessen in den Beerens-Park. Denke nach. Noch nie hab ich mich so blöd angestellt, ich mein, ich hab für Hendrik geschwärmt, aber das war nicht das Gleiche, mittlerweile bin ich so froh, niemals mit ihm zusammengekommen zu sein, da er sich in Beziehungen wie der letzte Macho verhält. Wir hätten uns nur übelst gestritten und wahrscheinlich nie wieder miteinander geredet, so kann ich mit ihm befreundet sein, ohne mich mit ihm stressen zu müssen. Sammy ist einfach so anders als die andern.

Vor Hendrik habe ich mal für nen Typen von der Domplatte geschwärmt, er war nur ein Schwarm, ein Punker und Schnorrer mit Piercings in der Unterlippe. Er trug eine Lederjacke, eine enge, zerrissene Lederhose, Chucks, hatte fünf Stecknadeln in seinen Ohrläppchen und einen blond gefärbten, unbegelten Irokesen; er hatte funkelnd grüne Augen, ich schätze mal, er war so um die zwanzig. Ich weiß nicht, übers Alter haben wir nie geredet.

Ich war 15, hatte ihn öfters auf dem Weg zur Innenstadt gesehen und mich in ihn verguckt. Ich ging immer an dem

Platz vorbei, an dem er abhing, in der Hoffnung, dass er mich irgendwann bemerken würde. Irgendwann sprach er mich endlich an, fragte mich, ob ich kurz auf seine Ratte namens Pimmel aufpassen könne, weil Pimmel nicht mit ihm in den Pennymarkt dürfe. »Willst du auch ein Bier?« – »Klar, gern.« Als ich so vor dem Penny wartete, schaute ich mir diesen lustigen Nager an. Er hatte schwarze Punkte auf seinem weißen Albinofell. Dann kamen die Punker-Freunde von meinem Schwarm, die jeden Tag mit ihm auf diesem Platz abgammelten. »Hey«, sagte die eine Punker-Olle, »Pimmel, was machste denn hier soo allein?« Und sie nahm ihn mir einfach von der Schulter, ohne mich zu begrüßen oder sonst was, blöde Schlampe, nach Geld fragen kann sie mich aber! Mein Schwarm kam mit zwei Bier in der Hand wieder, nahm seine Ratte von der Schulter dieser Ollen, drückte mir ein Bier in die Hand. »Hier, wie heißt du eigentlich?«

»Ayla, und du?«

»Ich heiß Schori.«

»Ah, cool«, und ich trank mit ihm das Bierchen, blieb ein Weilchen bei ihm und seinen Freunden sitzen, die mich alle wunderbar ignorierten. Die Punk-Mädels schienen mich nicht zu mögen, wahrscheinlich fanden sie Schori geil und hassten mich deshalb, oder sie dachten, ich sei ein reiches, verwöhntes Gör. Dabei kamen sie wahrscheinlich aus einem gut betuchten Elternhaus und rebellierten dagegen, keine Ahnung, voll die Spasten. Ich wollte nicht tagsüber auf dem Platz abhängen und Bierchen trinken, natürlich wegen meinen Eltern, also fragte ich ihn: »Was haste denn heute noch so vor?«

»Komm mit«, sagte er.

»Wohin?«, fragte ich.

»Komm einfach mit.«

Und wir gingen los, ohne tschüss zu sagen.

»Hey«, schrie ihm eine massiv platinblondierte Punker-Olle, die eine Seite ihrer Haare komplett wegrasiert hatte, hinterher. »Was willste denn mit der? Pass auf, sonst kommen noch ihre Brüder, hahaha. Schori, wohin willst du?« Sie war superschlank und hatte schwarz bemalte Augen. Wahrscheinlich war sie die Begehrte unter den Punks.

»Ist das deine Freundin?«, fragte ich Schori.

»Nee, die nervt, achte nicht auf sie!« Wir liefen die Straße runter zur U-Bahn, und er erzählte mir, was er schon alles mit Pimmel erlebt habe. Stiegen Gilbert-Station aus. Gingen noch zehn Minuten zu Fuß durch eine Wohnhaus-Siedlung, und da standen wir vor einem verlassenen alten Hochhaus. Wir stiegen durch die kaputten Fenster im Erdgeschoss in eine leere Wohnung, liefen zwölf Stockwerke hoch aufs Dach. Die Aussicht auf die Stadt war wunderschön. Wir setzten uns vor die Dachrinne, schauten auf die Stadt, dann holte er sein Besteck raus: »Willst du auch einen Schuss?«

»Nee, danke! Ich hätte aber Bock auf was anderes, was, glaub ich, nicht möglich ist, wenn du dir einen Schuss setzt …«, antwortete ich. Er legte sein Besteck zur Seite, Pimmel stieg ihm von der Schulter und lief frei auf dem Dach herum.

»Hmm, auf was denn?« Er kam mir näher.

»Hmm, was hast du denn so drauf?«

Er beugte sich über mich, setzte sich auf mich und zog mir mein T-Shirt aus. Er musste sich definitiv selbst ausziehen bei den tausend Nietengürteln ... Ich lag da, oben ohne, die Sonne wärmte meinen Körper, ab und zu kam ein Windstoß, und meine Nippel wurden steif. Er schaute mich sehnsüchtig-geil an, zog hektisch einen Gürtel nach dem anderen aus ... Knöpfte dann meine Hose auf ... Ich war nackt, unrasiert, hatte ja nicht geahnt, dass das geschehen würde. Plötzlich rannte Pimmel über mich, das fühlte sich komisch an, es kitzelte ein wenig. »Pimmel ist wohl eifersüchtig auf mich ...«, kommentierte Schori die Aktion seiner Ratte, ich musste lachen. Schori war nackt, er war wirklich sehr dünn und ebenfalls unrasiert.

Er drang ein, der Sex wurde immer härter, wie ein Kampf, ich drückte seinen Oberkörper so fest, wie ich nur konnte, von mir; er kämpfte gegen mich an, gewann und drang ein, jedes Mal, wenn er stärker wurde als ich und eindrang, wurde es sooo unglaublich geil. Ich drückte mit all meiner Kraft sein Gesicht weg von mir, er packte mich ganz fest, drückte mich fest zu Boden, ich krallte mich ab und zu an seinen Oberkörper und drückte ihn wieder weg, er zog mir an den Haaren, und ich bewegte meinen Oberkörper auf und ab, von rechts nach links nach unten und oben, als würd ich mich von ihm befreien wollen. Und wir kamen gemeinsam.

Nach dem Sex zeigte ich aufs Besteck und die Schore oder was das war und sagte: »Wenn du das zu oft nimmst, können wir nicht mehr ficken.« Wir waren beide noch nackt, und er leckte an meinen Nippeln. »Soso, dir macht das also Spaß mit mir.« Pause. »Mehr Ficken? Mhh.« Und sein Schwanz wurde wieder steif, ich lutschte ihn ein bisschen, aber, ehrlich gesagt, stank er ein wenig ungewaschen, und ich hörte auf, und er leckte meinen Oberkörper ... An dem Tag hatten wir dreimal Sex, bis er sich einen Schuss setzte, wars sehr schön. Aber irgendwie schwärmte ich von dem Tag an nicht mehr für Schori. Ich besuchte ihn nie wieder, irgendwie fand ich das auch abtörn mit dem Heroin, voll langweilig, Aufpasser zu sein, wenn jemand schläft.

Hab ihn hin und wieder vorm Penny gesehen. Sein Zustand wurde immer schlimmer, er sülzte mich nur noch mit irgendeiner verwirrenden Kacke zu. Ich meide den Platz. Vor einem Jahr hab ich ihn das letzte Mal beobachtet, wie er irgendetwas Unsichtbares verfolgt hat, hin und her sprang und danach griff, sich im Kreis drehte, sabberte und komische Geräusche von sich gab. Ich fands traurig, ihn so verwirrt zu sehen, ich weiß nicht, worauf er da hängen geblieben ist.

Ich hoffe, dass Sammy zum Festival kommt …

Ich fahre mit dem Bus nach Hause, zwei Spinner sitzen eine Sitzreihe vor mir, ich seh nur ihre Hinterköpfe, hör sie quatschen. »Ey, isch schwöre, die hat mich so gestresst, ich hab der so eine Schälle gegeben. *Oğlum,* glaubst du nicht, das ist doch ne Nutte? Ey, isch schwöre, für mich ist Flirten schon Fremdgehen, der Opfer liegt jetzt im Krankenhaus, jaa!«

»Scheiße alta, jaa, tut mir leid, Bruder.«

»Egal alta, jaa, ich krieg zwei Jahre auf Bewährung, hab guten Anwalt, haha!«

Spast, wie er sich selbst dafür feiert. Als er aussteigt, seh ich, dass er ein Deutscher ist, ich hab gedacht, sie seien beide Kanaken, na ja. Noch eine Station, dann steig ich aus. Ich hab Hunger.

Zu Hause riecht es lecker nach Essen, und ich freue mich, wieder hier zu sein. Vielleicht kommt Sammy ja doch zum

S.M.A.S.H.? Mmh, aber wieso sollte er denn, nach dem Stress heute? Es ist echt scheiße gelaufen mit Sabrina …

Wir essen gemeinsam zu Abend: *fasülye* (grüne Bohnen mit geschmortem Lammfleisch in einer gewürzten Tomatensauce), mit *pilav* (Reis) und *salata*. Meine Eltern quatschen über die Arbeit, kommen auf irgendwelche Nachbarn zu sprechen, reden über sie, bis meine Mutter anfängt: »Die Straße wird immer schlimmer, früher wars hier noch nicht so.« Sie wirft Sinan einen vorwurfsvollen Blick zu, dann guckt sie uns beide abwechselnd an »*Ayyy! Çocuklar sizi hiç anlamıyorum.* (Ei, Kinder, ich verstehe euch nicht.) *Oysa sizin için de o kadar çok şans var ki.* (Dabei habt ihr doch so viele Chancen.) Stattdessen klaut meine Tochter, und mein Sohn verprügelt andere Kinder …«

Das macht sie immer, wenn sie uns was zu sagen hat, sie redet so, als wären wir nicht da, dann packt sie die ganze Ladung aus, Standardleier: »Damals auf dem Land mussten wir hart arbeiten, wir hatten nichts und waren viel pflichtbewusster und trotzdem glücklich, wir durften nichts, noch nicht mal in die Schule gehen, ihr wisst nichts zu schätzen …« – Oh Mann, gleich geh ich in mein Zimmer. Ich sags ja, meine Eltern leben irgendwie in einer anderen Welt. Sinan und ich bleiben stumm. Small Talk: »Kann ich mal das Salz haben, willst du auch ein Glas Wasser …?«

Ich schaue mir noch ne Folge *Sopranos* an, oh nein, bald hab ich keine Folgen mehr, denn ich bin schon bei der sechsten Staffel, so ein Mist. Suche mir im Internet Mitfahrgelegenheiten fürs S.M.A.S.H. raus. Aber nur mit Lara dahinfahren? Und wenn Sammy nicht kommt, wird das wahrscheinlich eher voll kacke. Ich chatte Lara per MSN an: »Und, haste dir ne Karte geholt?«

»Ja, meine Mutter nervt, ich kann echt gut Abstand von zu Hause gebrauchen ... Fahren wir zusammen???«

Mmh, ja, meine auch, denk ich mir, ein Grund mehr, zum S.M.A.S.H. zu fahren, na vielleicht kann sie Sammy überreden? Ach nee, das ist doof, dann weiß ich nicht, ob er aus freiem Willen gekommen ist. Ich will nichts mehr erzwingen.

»Klar, lass uns fahren. Lass morgen mal nach der Schule planen ... Lg Ayla.«

Gute Nacht.

25. Mai

Ich hab von meinem Bruder geträumt, ich hatte Angst. Wir waren in der Schule, er hielt ein blutiges Messer in der Hand und schrie mich an: »Ayla, Ayla!!! Ich hab meinen Mann gestanden!!!« Ilan lag erstochen auf dem Pausenhof. Dann kamen Freunde von Ilan und schubsten meinen Bruder hin und her, bis er auf dem Boden lag und sie auf ihn einstachen, alles vor meinen Augen, aber ich konnte nicht handeln, ich war machtlos, mich nahm keiner wahr.

Wache auf und geh gleich in das Zimmer von meinem Bruder, er schläft noch, ich wecke ihn. »Sinan.«

»Mhh, Maaaaannn«, brummt er leise vor sich hin.

»Sinan, wach auf!«

»Boa, Ayla, was denn? Lass mich doch schlafen.«

»Ich muss dir aber was sagen.«

»Mann, Ayla, ich will pennen.«

»Ich hatte aber so einen grausamen Traum, und ich muss dir was sagen, bevor ich gleich in die Schule muss!«

Müde dreht er sich zu mir und blinzelt mich an. »Ich kann dir jetzt eh nicht folgen, geht das nicht nach der Schule?«

»Nein, es muss jetzt sein.«

»Oh Mann, Ayla, was denn?«

»Also, ich wollt dir noch mal was zu dem Thema Ilan sagen. Ich habe geträumt, dass du ihn erstochen hast und seine Freunde dich, du hast mich angeschrien: ›Ayla, ich sollte doch meinen Mann stehen!‹ Ich habe so eine Angst um dich gehabt, ich will nicht, dass dir so was passiert, und ich will nicht, dass du Waffen, Messer oder sonst was bei dir trägst. Ich meinte das mit dem ›Mann stehen‹ nicht so, du solltest dich nur wehren, wenn er dich angreift …«

Er setzt sich kurz auf: »Ayla, Mann, keine Panik, ich würde niemanden erstechen, okay, mach dir keine Sorgen und lass mich weiterschlafen.« Er zieht die Decke über seinen Kopf und lässt sich wieder zurück in sein Bett fallen.

Okay, wenigstens hab ich ihm das noch gesagt. Und ich gehe aus seinem Zimmer in die Küche, Kaffee machen. Ob ich einen Bus früher nehme, um Nadine nicht zu begegnen? Mann, ich hasse es, mir solche Fragen stellen zu müssen. Warum kann Nadine nicht einfach tot sein? Soll ich jetzt mein ganzes Leben vor ihr weglaufen, mich einfach von ihr anspucken lassen? Das geht mir gegen den Strich! Ich bin doch keine zehn mehr! – Aber sie ist einfach stärker als ich, ich verliere sowieso, wenn ich gegen sie kämpfe! Ich öffne die Küchenschublade und starre das Messer an, nein, das mach ich nicht … Wir haben zwanzig vor acht, ich muss da jetzt raus, vielleicht hab ich ja heute Glück, und die Olle ist mal zu Hause. Ich fahr mit dem Fahrstuhl ins Erdgeschoss, lauf die Straße runter zum Bus. Sitz im Bus, Erleichterung.

Vor der Schule begegne ich Ilan, ich weiß zwar nicht, was er hier zu suchen hat, na, obwohl – wahrscheinlich verstehen seine Eltern kein Deutsch, haben keinen Plan, was er so treibt, er hat ihnen sicherlich die ganze Situation falsch übersetzt und tut so, als ob er in der Schule wäre. Ohne seine Freunde reißt er sein Maul bestimmt nicht so weit auf, also geh ich zu ihm.

»Hallo, hey Ayla, wo ist Sinan?«

»Ich scheiß auf dein Hallo, fass meinen Bruder einmal an oder verleite ihn noch mal zu so nen Sachen, und ich schwöre dir, ich lass dich umbringen.«

»Hey, hey, beruhig dich mal, dein Bruder hat freiwillig gefilmt.«

»Nein, hat er nicht, er will nicht mehr mit euch abhängen, okay, und wenn du ihn irgendwie anmachen solltest, dann komme ich mit meinen Eltern mal bei deinen Eltern vorbei und kläre sie auf, was du so machst.«

»Ach, und du meinst, das glauben die euch? Haha!«

»Ilan, ich sags dir jetzt ein letztes Mal, lass meinen Bruder in Ruhe, oder du wirst gefickt, okay? »

»Uhh, jetzt hab ich aber Angst ... haha, mhh, ja klar, von dir will ich gefickt werden, komm, fick mich, oder soll ich wieder deine Fotze lecken?«

»Nee, danke, das war mir zu schlecht! Bau doch Scheiße, wenn du willst, aber Sinan ist ein guter Mensch, okay. Er hat es nicht nötig, auf Schwächere einzuprügeln und sich darauf einen runterzuholen. Also, lass ihn, oder wir laden deine Eltern mal zum Essen ein, auf Türkisch verstehen sie schon, was für ein Arschloch du bist ... Sag mal, was meinst du? Glauben sie eher mir oder dir??? Denk mal darüber nach!«

Und ich gehe ohne ein weiteres Wort, hoffe, dass die Drohung reicht. Ilan tut nur so »ghetto«, seine Eltern sind nicht wie Nadines. Sie würden sich aufregen, wenn sie verstehen würden, was ihr Bengel so treibt. Viele türkische Kinder führen ihre Eltern an der Nase herum, weil die kein Deutsch können.

Ich erinnere mich noch genau: Ich war sieben, Nadine hatte mich wieder einmal mit einer Freundin zusammen erwischt und mich an den Haaren gezogen, ihre Mutter stand die ganze Zeit daneben, rauchte dabei ein Kippchen. Irgendwann sagte sie dann: »Komm, Nadine, dat reischt jetzt, wir gehen nach Hause jetzt!!« Ihre Mutter hats halt einfach nicht interessiert.

Nach der Schule setze ich mich mit Lara auf unsere Standard-Parkbank, wir planen das Festival. Ich rolle einen Joint, und Lara holt einen Brief aus ihrem Armeerucksack. »Guck mal.« Sie hält ihn mir hin.

»Was ist das?«, frage ich.

»Ein Brief von mir, als ich neun war.« Ich nehme das Blatt Papier und falte es auseinander. »Lieber Papa«, steht da in Kinderschrift, krumm und unsicher geschrieben. »Ich möchte nicht, dass du mich anrufst und mir schreibst. Ich muss wegen dir in schlechten Kleidern rumlaufen, und Mama und ich haben wegen dir kein Geld, ich mag dich so nicht, du bist nicht für mich da, also bitte, lass mich und die Mama in Ruhe und bezahl endlich.« Und dann stand da noch »Liebe Grüße, Lara.« Lara starrt auf die Bäume und sagt tief genervt: »Das ist alles ihre Schuld.«

Ich verstehe nicht so richtig: »Ich dachte, du kennst deinen Vater nicht, und er lebt in Israel?«

»Ja, ich kenne ihn nicht, weil meine Mutter mich, als ich klein war, manipuliert hat, dass ich diese Briefe schreibe. Jetzt weiß ich nicht, wo er ist.« Sie macht eine Pause.

»Ich verstehe nicht, wie man einem Kind so etwas diktieren kann. Er fehlt mir sooo ... Meine Mutter ist die egoistischste Person der Welt!« Lara sieht traurig aus, und ich nehme sie in den Arm. Nach einer Weile fährt sie fort: »Ich hab den Brief gestern Abend in der Kommode meiner Mutter gefunden, mit einem Behördenbrief und einer Adresse in Israel. Ich weiß nicht, was ich machen soll, ich würd so gern dahin, ich würd so gern wissen, wer und wie er ist, wie er aussieht und ob er auch auf weiße Crisp-Schokolade steht …«

»Mhh, hast du schon mal bei der Auskunft oder bei den Behörden angerufen?«, frage ich sie, und sie steht auf. »Nein, das hab ich nicht, ich hab mich nicht getraut, aber das werde ich tun. Meine Mutter hat mir als Kind eingeredet, wie böse mein Vater zu ihr war, aber ich seh doch, wie sie mit Männern umgeht. Ich will wissen, wer er ist, und selbst entscheiden, ob ich ihn mag oder nicht. Das werd ich rausfinden, jetzt kann mir die Kuh gar nichts mehr vorschreiben.«

Ich grinse sie an. »Das ist doch cool, ich mein, vielleicht triffst du ihn ja bald, aber ich meine, du weißt ja nicht, wie dein Vater zu deiner Mutter war, vielleicht verurteilst du sie ja zu Unrecht.«

»Aber sie hätte mir doch wenigstens die Chance geben können, es selbst rauszufinden, Ayla. Diesen Brief wollte ich nie schreiben, den hab ich von meiner Mutter diktiert bekommen. Das ist nicht fair!!!«

»Warte ab, versuch ihn doch mal zu kontaktieren. Ich mein, jetzt hast du ja seine Adresse, frag doch deine Mutter mal, warum sie das gemacht hat.«

»Sie wird mir nicht ehrlich antworten, Ayla. Sobald ich anfange, von ihm zu reden, sagt sie, akzeptier endlich, dass dein Vater ein Arschloch ist …« Sie macht erneut eine Pause und imitiert dann die schrille Tonlage ihre Mutter: »*Lara,* er ist tot für mich, und für dich sollte er es auch sein, oder hat er sich je um dich gekümmert, uns Geld geschickt?? … Mir ist das Scheißgeld doch egal, aber das versteht die Kuh nicht.« Wir sitzen eine Weile schweigend da und ziehen an unserem Joint.

Und sie gibt mir einen Kuss auf die Wange. »Danke, Ayla.«

»He, wofür?«

»Einfach danke, okay?«

»Danke zurück.«

Sie lächelt, ich auch, und wir beschließen, uns morgen gegen 11:00 an der Bushaltestelle in Richtung Autobahn zu treffen.

Auf dem Nachhauseweg pfeift es hinter mir. Gott, was hab ich denn verbrochen, dass mir ständig dieses Biest über den Weg läuft?, denk ich, da schreit sie auch schon los: »Eh, Ayla!« Ich geh weiter. »Eh, Ayla, du Fotze, ich hab dich gerufen!« Ich geh weiter. Guck kurz zurück, scheiße, sie geht mir hinterher, ich laufe einen Schritt schneller, bin nur noch ein paar Meter von zu Hause entfernt, noch einen Schritt schneller, so unauffällig wie möglich, noch einen Schritt schneller, doch da zieht es schon an meinen Haaren, sie hat sie gegriffen.

»Biste behindert oder wa-as? Wat läufste weg, wenn ich mit dir rede?«

»Was, du Höllengeburt?!«, bricht es aus mir raus, ich schrei sie an vor Wut: »Was willst du von mir? Was ist dein Problem? Was kann ich dafür, dass deine Eltern so scheiße zu dir waren?«

Bamm, ich lieg auf dem Boden, meine Wange und mein linkes Auge tun weh, erst Ohrfeige, dann Bauchtritt, der Bordstein ist hart. Setz mich auf, sie lacht mich aus, diese Fotze, ich lass meine Tasche liegen und ziehe meine Lippen zusammen, meine Nasenflügel weiten sich vom tiefen Luftholen, atme aus: »Und biste jetzt geil geworden, Nadine? Fühlste dich jetzt krasser?« Ich will aufstehen.

»Mit wem redest du so?« Sie holt mit ihrem Fuß aus und tritt mir gegen die Brust, ich fühl mich wie gelähmt. Sie zu provozieren, ohne in einer guten Position gewesen zu sein, war dumm. Ich suche vergebens nach irgendwas, das ich auf sie werfen oder womit ich ihr drohen kann. Scheiße, hätt ich mal das Messer mitgenommen! Packe all meine Kraft zusammen, lasse meine Tasche liegen und steh auf. Sie versucht, mich zu Boden zu drücken, ich versuch, ihr an den Haaren zu ziehen, greife ihr Ohrläppchen, zieh es so fest, wie ich nur kann, runter zu mir, um den Ring rauszureißen, klappt nicht. Anspucken geht von unten auch nicht, neuer Versuch, ihre Jeans an der Hüfte zu krallen, sie zu ziehen. So viel Fett. Ich schaffs nicht. Sie zieht mich an den Haaren, zieht mich immer weiter auf die Straße, ich muss mitgehen, weil es sonst zu sehr wehtut und ich Angst hab, dass sie mir die Haare ausreißt, o-oh, sie zündet mit der rechten Hand ein Feuerzeug an. Wo bleiben meine Superwoman-Kräfte? Scheiße, niemand interessiert das, alle gehen weiter, ist ja auch Standard, so ne Schlägerei ... Okay, langsam fühl ich mich leicht high, Fotze, sie lässt nicht los. Vielleicht reißt sie mir die Haare vom Kopf, aber ich muss mich losreißen. Es zieht so sehr an so vielen Stellen, ich überwinde mich, dreh mich in entgegengesetzter Richtung und reiß mich los. Autsch. Wanke ein paar Schritte zurück, sie steht da, kampfbereit. Gehe noch drei Schritte zurück und nehme Anlauf, versuch, auf sie einzutreten, sie hält mein Bein aber fest, es hupt.

»Hey, hey, Mädschen, was soll das?« Ali kommt auf uns zugelaufen. »Hey, seid ihr behindert? Nadine, lass die los!«

»Wat denn?«, brüllt sie ihn an.

»Ey, Nadine, isch hab dir gesagt, du lässt Ayla los, sonst geb ich dir eine, *bak* (guck), fass die nicht an!«

Sie lässt mich los. Nadine verdrückt sich, und Ali begleitet mich ein Stück, fragt mich, was passiert sei, ich sag: »Ach, das macht die immer.«

»Warum bist du nicht zu mir gekommen?«

Ich bedanke mich, grinse und denk mir, ich will das nicht, will nicht in Alis Schuld stehen. Aber trotzdem ist mein Dank ernst gemeint. Vielleicht sollte ich boxen gehen oder so einen Karatekurs machen. Kacke, wie ich jetzt wohl aussehe? Meine Eltern lassen mich so niemals zum S.M.A.S.H., kacke, ich seh bestimmt voll scheiße aus, mhh vielleicht ist es ja gar nicht schlimm, aber die Leute starren mich an, zumindest fühl ich mich angestarrt. Guck im Aufzug in den Spiegel, verdammt! Mein linkes Auge ist blutdurchströmt und angeschwollen und die Wange rot und geschwollen. Wie wohl mein restlicher Körper aussieht?

Klar machen sich meine Eltern wieder Sorgen ... Die einfachste Lösung ist, sie anzulügen: »Ich bin übers Wochenende mit Lara verabredet, wir wollen das Wochenende über bei ihr bleiben und für die Matheklausur lernen, das ist sehr wichtig für meinen Abschluss.« Natürlich soll ich erst mal zum Arzt und muss versprechen, jeden Tag zu Hause anzurufen, aber es funktioniert. Schule geht Gott sei Dank immer vor ...

Ich guck verträumt in den Spiegel und denk an den schönen Augenblick beim Festival, wie es wär, wenn ... guck noch mal in den Spiegel, Mann, seh ich kacke aus, verdammt.

26. Mai

Es ist erst 6:00 Uhr früh, ich bin wach und super aufgeregt, hab vor Aufregung kaum geschlafen. Duschen und meine Sachen packen, Heilsalbe ins Gesicht, mein eines Auge schminken und los. (Natürlich nicht, das war nur ein Witz!) In fünf Stunden gehts nach Leipzig. Hui, ich fühl mich wie vorm ersten Schultag, freu mich, bin unsicher, weiß nicht, was auf mich zukommen wird, ich bete, dass Sammy zum Festival kommt. (Nur metaphorisch gemeint, ist doch scheiße, grad an Gott zu glauben, wenn man ihn braucht. Hoffe einfach, dass Sammy kommt, wenn und weil er mich mag.)

11:00 Uhr, die Sonne scheint, Lara steht bereits mit ihrem Armeerucksack und Schlafsack an der vereinbarten Bushaltestelle. »Krass, Ayla, was ist passiert?«

Auf dem Weg zur Autobahneinfahrt erzähle ich ihr von dem Vorfall mit Nadine. »Jetzt will ich aber einfach Spaß haben. Ich hoffe so sehr, dass Sammy da ist, ich will den ganzen Scheiß hinter mir lassen!«, beende ich die Geschichte, und wir halten unsere Daumen hoch, stehen ne halbe Stunde da, keiner will uns mitnehmen. Bis eine Frau Mitte dreißig anhält. »Na, wohin wollt ihr beide denn?«, fragt sie uns.

»Nach Leipzig«, antworten wir zeitgleich.

»Na, dann steigt mal ein, ich kann euch aber nur bis Berlin mitnehmen, da habt ihr aber schon mal ne ganze Strecke hinter euch.«

»Klar, cool.«

Auf dem Rücksitz sitzt ihre vierjährige Tochter im Kindersitz, Lara setzt sich neben sie, und ich steig vorn ein. Wir erzählen ihr, dass wir auf dem Weg zu einem Festival sind, und fragen sie, was sie denn in Berlin so vorhabe.

»Ich bin auf dem Weg zu meinem Anwalt, aber das ist eine lange Geschichte …«

Irgendwann nach zwei Stunden Small Talk, als der Umgang schon etwas vertrauter und ihre Tochter eingeschlafen ist, fragt sie mich, was denn mit mir passiert ist, warum mein Gesicht so geschwollen und blau aussieht. Ich erzähle ihr, dass ein Mädchen mich einfach so verprügelt hätte.

Sie kann es nicht glauben. »Das tut mir echt leid für dich, Ayla, Ungerechtigkeit gibts überall.« Sie dreht sich kurz zu der Kleinen um: »Schläft sie noch?«

»Ja«, antwortet Lara.

Dann erzählt sie: »Mein Mann hat sich vor einem halben Jahr umgebracht.«

Ich weiß gar nicht, was ich sagen soll. »Das tut mir leid«, oder wäre »mein Beileid« passender gewesen?

»Er war eigentlich immer ein recht lebensfroher Mensch, bis ihm vor einem halben Jahr gekündigt wurde. Er ist zum Arzt gegangen und hat sich ein Antidepressivum verschreiben lassen, und jetzt ist er tot.« Sie macht eine Pause. Scheiße, da hat das Antidepressivum wohl nicht geholfen, denke ich.

»Wisst ihr«, fährt sie fort, und ihr kullern einige Tränen die Wangen hinunter, »er hat die Kleine so geliebt, er hätte uns nie allein gelassen … Ich weiß, dass er sich nicht umbringen wollte, also hab ich mal das Antidepressivum im Zusammenhang mit Suizid gegoogelt und hab gleich zahlreiche Foren gesehen, in denen die Leute sich über das gleiche Schicksal beklagt haben. In den USA ist längst bekannt, dass

das Medikament Selbstmordgedanken verursachen kann.«
Krass.

»Und jetzt bin ich auf dem Weg zum Anwalt ... ich hab zwar kaum eine Chance, einen Prozess gegen die Verantwortlichen zu gewinnen ... Aber die ganze Welt soll wissen, was die mit meinem Mann gemacht haben.« Und sie weint erneut, fährt schneller, irgendwie habe ich leicht Muffensausen. Lara und ich sind überfordert mit dieser Situation.
»Scheiße, das tut mir echt leid«, sage ich schließlich, »und was wollen Sie jetzt machen?«

»Klagen und abwarten. Aber das ist, wie gesagt, alles nicht so einfach ...« Sie fährt wieder etwas langsamer, wischt ihre Tränen weg und schlägt uns vor, an einer Raststätte zu halten. Wir essen was, sie beruhigt sich, und es geht wieder los.

Lara spielt mit der Kleinen auf dem Rücksitz. Als das Mädchen anfängt zu quengeln und sie weder die Flasche noch ihr Kuschelkissen haben will, müssen wir uns eine Stunde lang Kindergeschichten anhören, bis sie wieder einschläft und ich auch.

»Ayla, Ayla, wir sind angekommen!«, weckt mich Lara.

»Cool!« Ich öffne die Augen, wir bedanken uns, wünschen ihr noch viel Glück und Kraft für ihr Vorhaben und steigen aus.

Toll, der ganze Stress fängt nun von vorn an, diesmal nur mit mehr Konkurrenz, denn wir sind nicht die einzigen Tramper an der Autobahnauffahrt in Richtung Leipzig. So ein Mist, es ist bereits 17:00 Uhr. Ich will endlich da sein. Die anderen Tramper sind uns einen Schritt voraus, da sie Pappen mit den Namen der Städte, in die sie fahren wollen, beschriftet haben.

»Am besten, wir gehen ein Stückchen weiter nach hinten zur Ampel und fragen die Leute persönlich.« Gute Idee. Also quatscht Lara die Autofahrer an: »Hallo, können Sie uns vielleicht mitnehmen?« Manche tun einfach so, als würden sie uns nicht sehen, voll bescheuert. Ich kann die Leute nicht fragen, sonst glauben sie noch, sie müssten einen Abstecher zum Krankenhaus machen.

»*Wir haben die ganze Welt gesehen, vom Ballermann bis zum Bodensee, wenn man uns fragt, wos am schönsten war, dann sagen wir an der Bar … he aloah heja-he aloah heja – he aloah heja-hee*«, dröhnt es aus einem kleinen VW-Bus, das ist unsere Chance! Und Lara ergreift sie, klopft an die Fensterscheibe, nur Jungs im Wagen, die den Track von Corus 86 und Reckless mitgrölen, klopf, klopf.

»Na, wohin fahrt ihr?«, fragen wir die Stimmungskanonen.

»Na, wohin wohl? Nach Leipzig zum Festival«, schreien sie enthusiastisch.

»Könnt ihr uns vielleicht mitnehmen?«

»Klar, warum nicht, steigt ein.« Und es geht weiter … mit fünf Jungs, nem Kasten Bier und ganz viel Deutsch-Rap.

Als Sicherheitsmaßnahme schicken wir Hendrik das Kennzeichen per SMS … Hendrik freut sich, dass wir doch noch kommen, und will sich gegen Abend mit uns treffen. Ob Sammy wohl mit ihm gefahren ist?

»Hey, das geht ab, wir feiern die ganze Nacht, die ganze Nacht …« Die Jungs grölen mit.

Erstes Bier, zweites Bier … Lara wird von Jupp angemacht. »Na, du bist aber ne süße Maus. Bock, ein bisschen rumzumachen?«

»Nee, ganz bestimmt nicht«, antwortet sie kess. Haha. Ihm ist das peinlich, doch die restliche Fahrt verläuft trotzdem cool …

Ankunft, endlich, nach eineinhalb Stunden und drei Bier müssen wir erst mal unsere Karte gegen ein Bändchen umtauschen, wieder warten und anstehen, vor uns ist ne Riesenschlange. Ich werde immer aufgeregter. Mein Bändchen sitzt viel zu eng, aber das ist mir jetzt alles egal. Wir laufen vom Parkplatz in Richtung Festivalgelände, wir sind drin. Geil, ich hör schon die Mucke, na ja, eher den Bass … Bauen unser Zelt auf, saufen uns mit unseren Mitfahr-Boys und neuen Zeltnachbarn einen an und laufen so gegen 20:00 Uhr zur alten Lagerhalle. Noch hat mich weder Sammy noch Hendrik angerufen, also probiere ichs bei Hendrik, er geht nicht ran …

21:00 Uhr in der Lagerhalle.

Imbiss Bronko, Mach und K.I.Z. treten auf dem Red-Bull-Tourbus in einer alten Lagerhalle auf, der Sound hallt, alle gehen ab. DJ Craft befiehlt mit voller Kraft: »Springen!!! Springen!!!«, und alle springen. Ich sammel Pfandbecher, bin schon leicht angetrunken. Stell mich eine halbe Stunde an, bringt mir nichts ohne Wertbons, kacke. Hab schon sechs Bier intus, ich fühle mich leicht angestarrt mit meinem demolierten Gesicht, will noch ein Bier – keine Kohle.

Die He-aloah-Jungs laden zu Wodka ein, sind schon voll besoffen, schreiben sich mit Edding Sprüche auf die Arme und die Stirn, überall riecht es nach frittiertem Essen, Pizza, Knoblauchbrot, Chinapfanne.

»Ey, Ayla, Süße, lass brüderlich trinken«, flirtet mich einer von den Mitfahr-Boys an.

»Nee, eh, danke«, kacke, die Nerven … Alle haben Spaß, nur ich nicht … Ich geh weg … kann Sammy nicht finden. Geh ans Ufer, hör auf meinem MP3-Player *I Put a Spell on You*, plumpse in den Sand am Baggersee. Eigentlich ist der Song von Nina Simone, aber ich höre grad die *Screamin'*-Version von Jay Hawkins, stell mir vor, wie ich mit Sammy auf den Track tanze … mhh, wie gern würd ich ihn jetzt küssen … Fass mir in den Schritt und stell mir Sammy vor, wie er mich berührt, grrrr, tut das gut, aber wenn jemand kommt, wird das peinlich, haha. Na ja, bisher ist auch noch niemand gekommen, oder? – Ach, Mist, jetzt hab ich das Bild in meinem Kopf verloren, drück auf »Repeat«, hör mir das Lied noch mal an. Seh Sammy. Leg mich in den Sand, »I put a spell on you – uhh, because you are mine …« Uh, und das Saxophon, niemand schreit leidenschaftlicher als Jay Hawkins, und ich seh Sammy und mich wieder … mhhh.

Mein Handy klingelt, geh nicht ran. Schalt auf lautlos. Keinen Bock auf Lara und die Partykanonen. Leg mein Handy neben mich, falls Sammy doch noch anruft. Ich hab eine Gabe dafür, Lieder totzuhören. Erst ist es dieses intensive Gefühl beim Hören, man will immer mehr, bis man irgendwann keine Emotionen mehr auf den Track verspürt. Nur eine lange Pause kann dann den Song eventuell noch retten. Momentan fühl ich den Track und hör ihn von mir aus tot für diesen Augenblick. Und ich träum vor mich hin …

27. Mai

Es ist kalt, fuck, ich bin hier eingeschlafen, fuck, mein Gesicht tut weh, fuck, hab mich auf die falsche Wange gelegt, greif nach meinem Handy, kacke, weg. Kacke, echt weg? Guck noch mal in meinen Hosentaschen. Kacke, echt weg! Ich erfriere, ich muss unser Zelt finden, Mann, bin ich noch besoffen, haha.

Es ist noch so ruhig, vermutlich erst fünf, sechs Uhr, um die Zeit fahren keine Shuttle-Busse zum Camping-Platz. Halbe Stunde laufen. Leg mich noch mal ins Zelt, mummel mich in den Schlafsack, zitter, wärm mich auf, genieße die Wärme, schlummer friedlich ein.

13:00 Uhr. Krass, bin ich verkatert, mein ganzer Körper ist verkrampft, meine Kehle ist trocken und kratzig, hab Durst, alles ist laut, Gebrüll und Musik aus allen Ecken und: »Ayla, wo warst du die ganze Nacht?« Lara.

»Mhhh, ich bin am Ufer eingepennt …« Öffne mein linkes Auge und mein rechtes, kaputtes so weit, wie es geht. »Hast du Sammy noch gesehen?«

»Nee, aber ich hab versucht, dich zu erreichen. Hendrik hat mich angerufen und gesagt, dass sie ne Panne haben und nen Zwischenstopp einlegen müssen. Erst heute nach der Reparatur können die wieder los, ich glaub, er ist mit Micha gefahren.«

»Wie ›mit Micha gefahren‹? Kommt die Olle jetzt doch mit?«

»Ja.«

»Ach so.« Pause. »Ja, und Sammy?«

»Weiß ich nicht … hab den nicht so gut verstanden, der hat dich wohl nicht erreicht … Was war denn?«

»Ach, ich hab mein Handy verloren … bin voll verkatert, hab Hunger.«

»Dann lass doch den Gaskocher anschmeißen und Bio-Ravioli kochen.«

»Boa, wenn ich die esse, muss ich kotzen. Ich brauch definitiv was Festes.«

»Knoblauchbrot?«

»Nee, dann stink ich heut Abend ja voll, ich hab heut noch was vor …«

»Was ist mit ner Riesenbrezel?«

»Ja, ne Riesenbrezel ist cool.«

Also gehen wir in Richtung Festival-Gelände – das mit den Shuttle-Bussen nervt, müssen superlang warten … oder 25 Minuten zu Fuß laufen.

»Oh Mann, ich hab das Gefühl, ich muss gleich kotzen«, denke ich laut.

»Mach doch, dann gehts dir bestimmt besser.« Also kotze ich ein Ründchen, und es geht mir wesentlich besser. Lara erzählt mir von dem Mädchen, das sie gestern Abend kennengelernt hat, Tina, sie sei total nett … Ich freu mich für Lara, aber eigentlich kann ich nur an Sammy denken.

18:00 Uhr, wir gehen zum Festivalgelände, es hat den ganzen Nachmittag genieselt. Echt Scheißwetter fürn Festival. Lara und ich haben uns Regencapes für zwei Euro gekauft. Sieht ganz schön bescheuert aus, aber besser als Lungenentzündung. Unter so vielen Leuten Sammy zu finden wird schwer, anrufen ist unromantisch, also heißt es abwarten und umschauen … Lara hat Tina getroffen, die beiden verstehen sich echt gut, lachen über jeden Kack, ich halt Ausschau nach Sammy, kann irgendwie nicht mitlachen. Lara hüpft mich voll besoffen an und berichtet mir, dass Booba abgesagt hat. Dafür steht Sefyu um 21:30 Uhr auf der Hauptbühne, mhh ja, Sammy mag Sefyus Mucke, er wird bestimmt da sein ...

20:00 Uhr, geh zur Hauptbühne, Lara und die eddingbemalten Jungs spaßen besoffen rum, habe das Gefühl, dass Lara sich wohlfühlt und das erste Mal unter anderen Leuten richtig aufgeht. Ich fühl mich voll allein, sie flirtet ganz schön heftig, aber die Jungs flirten auch mit ihr, mal schauen, was noch passiert. Schau mich um, immer wieder denk ich, Sammy von hinten erkannt zu haben ... Ist ers? Ist ers nicht? Oh Gott, er ist es, oder? Er läuft in Richtung Bühne, ich hinterher, Scheiße, wo ist er? Ach da, mmh, das müsste doch sein Hinterkopf sein, oder? ... dräng mich irgendwie durch die Menge, hab nen Vorteil durch mein demoliertes Gesicht ... Die Leute lassen mich durch. Mensch, wohin läuft der denn? Hab ihn verloren, Mist, schau mich um, da ist er, aber warum kommt er in den Backstage? Hmmm, ist ers wirklich? Lauf ihm trotzdem hinterher, aber da komm ich sowieso nicht rein ... Steh vor der Absperrung vorm Backstage.

»Kann ich mal dein Bändchen sehen?«

»Ja, ich, ehm, ich hab, ehm, also mein Freund ist schon drin und ...«

»Ist mir egal, ohne Bändchen kein Einlass, also mach bitte den Weg frei!«

Oh Mann, dieser Spinner ... Gut, dann kletter ich halt übers Gitter ... Lauf etwas aus der Sichtweite des Security-

Typen und versuch hochzuklettern. Alle starren mich an, ha, bin oben, spring auf der anderen Seite runter, juhu, ich bin fast drin, vorm Backstage-Zelt, nur noch ein paar Meter ... Geh weiter in Richtung Backstage, scheiße, da kommt der Security-Typ von eben. »Ey!!! Eyhhh, Mädchen!!!«, brüllt er mir hinterher, ich mach das, was ich am besten kann, ganz schnell laufen. Endlich, ich bin im Backstage-Zelt, er läuft mir hinterher, wohin, oh Gott, wohin soll ich bloß? ... Method Man & Redman, Orgy, alle sitzen sie gelangweilt in einer Ecke, düs an ihnen vorbei, mittlerweile jagen mich drei Securitys ... Rempel aus Versehen ein paar Leute an, die ein Interview geben, sie starren mich kurz an. Lauf weiter zum Catering, da steht Sammy am Buffet, ich ruf: »Sammy!«, er dreht sich nicht um. Ist ers doch nicht? Scheiße, der Security packt mich am Arm. »So, Fräulein, du kannst gleich deine Sachen packen ...«

»Warte, Alter«, kommt Orgy 69 auf uns zu, »die gehört zu mir, ö-hüö ö-hüö ö-hüö.« Komische Lache.

»Ehm, ach so, eh ja, siehst du, hab ich doch gesagt!«, füg ich rechthaberisch hinzu, und der Typ lässt mich los. Er und seine Security-Kumpanen machen sich von dannen. Ich lauf endlich zum Buffet, pack Sammy an seiner Schulter.

»Was denn, ich will essen!« Er dreht sich um, er ist gar nicht Sammy! Voll der Hässliche, alles umsonst. Toll, ich geh zurück.

»Na, hast du Lust mit in unser Backstage zu kommen, frei Wodka und sooo, ö-hüö ö-hüö ö-hüö?«, fragt mich Orgy und lacht wie Goofy.

»Nee danke, aber cool, dass du mir geholfen hast«, und geh enttäuscht wieder aus dem Kack-Backstage, alles umsonst ... Na toll. Nehm mir noch zwei gratis Wodka-Red-Bull mit und lauf wieder zum Festivalgelände. Ob Lara noch am Bierstand steht? Mist ... warum haben hier fast alle schwarze Caps auf, das ist so verwirrend. Mittlerweile ists 21:00 Uhr, Sammy müsste irgendwo hier sein, in ner halben Stunde tritt schließlich Sefyu auf.

»Hey, Ayla, wo warst du denn schon wieder?«

»Ach, voll bescheuert, ich dachte, ich hätte Sammy gesehen.« Ich erzähle Lara von meiner sinnlosen Aktion.

»Hendrik hat eben angerufen, die haben versucht, dich zu erreichen, die sind auf jeden Fall da, wollen sich auch Sefyu anschauen«, nuschelt sie. »Das ist Tina«, stellt sie mir ihre neue Freundin zum zweiten Mal vor, »hab dir doch von ihr erzählt.«

Ich: »Hi.«

Sie: »Hi.« ... Small Talk.

»Und wo sind die jetzt?«, frag ich ungeduldig.

»Eigentlich wollten wir uns hier mit denen treffen, aber ich hab die so schlecht verstanden, vielleicht meinten die auch den andern Bierstand da hinten. Keine Ahnung, Ayla.«

Toll, hätt ich mal mein Handy nicht verloren, ärgere ich mich, und dann seh ich Micha.

»Cool, da ist Micha!«, denk ich laut.

»Cool?«, fragt Lara und unterhält sich weiter mit Tina, von wegen: »Micha ist das beschissenste Mädchen unserer Schule.« Ist mir egal.

Ich lauf zu Micha. »Bist du mit Sammy da? Und wenn, wo ist er grad?«

»Keine Ahnung!« Sie starrt ins Nirgendwo, guckt mich bewusst nicht an, die Olle.

»Danke, Micha, kannst du nicht einmal nett sein? Dein Hendrik interessiert mich gar nicht, kannst du mir nicht einfach sagen, wo Sammy ist?«

»Iiiiiich wei-ß e-s ni---cht!«, schreit sie mich an. Ich bin wütend, drehe mich um, die sind doch alle bescheuert, lauf genervt in Richtung Bierstand Nummer zwei. Meine Chucks sind mittlerweile richtig durchschlammt, muss aufpassen, dass ich nicht in die Pfützen trete, spring über eine Pfütze, knick um, rempel versehentlich nen Typen an. »Hey, sachte, sachte ...«

»Ach kacke, was denn, Alter?? Geh doch woanders lang!«, schrei ich ihn an und blick hoch, er dreht sich um ... »Sammy, eh, sorry, ich eh ...« Stammel irgendwas vor mich hin, fühl mich wie verhext, erst wie erstarrt, dann muss ich grinsen (mein ganzer Brustkorb kribbelt!!), guck kurz verlegen auf den Boden, dann zu Sammy, ich schüttel den Kopf, schau ihn fragend-schuldig an. Will er mich noch?

Er streckt seinen Arm aus, hält seine Hand hin. Mein Herz pocht. »Was ist passiert? Wer hat das gemacht?«, fragt er.

Halt meine Finger an seinen Mund. »Psst, lass jetzt nicht reden.«

Er streift sanft über meine heile Wange und gibt mir einen Kuss, steckt zärtlich seine Zunge in meinen Mund, das Kribbeln wird immer stärker, irgendwie geil, irgendwie überzeugt, irgendwie romantisch und, obwohl ich ihn noch nie zuvor geküsst hab, so vertraut. Er fährt mir langsam durchs Haar, schaut mich wie besessen an, dieser Blick, grr.

Er fragt mich wieder, was passiert sei, ich sag: »Ich bin grad soo glücklich, lass jetzt echt nicht reden.« Die Leute grölen weiter »Grün-weißer-Party-Bus, shaa-lalalala« und

»HELGAaaah«. Sefyu steht auf der Bühne, die Menge kreischt, der Beat geht ab …

Alles um uns herum ist in Action, wir stehen mittendrin, meine Augen sind geschlossen, ich fühl nichts als Sammys Wärme und das Kribbeln, vergesse alles um uns herum, pack ihn an den Arsch, mhh, knackiger Arsch, sieht man unter den Picaldi-Hip-Hop-Hosen nicht wirklich. Ich öffne langsam meine Augen, schau ihn an, küss ihn erneut, leidenschaftlicher. Auf den Riesen-Live-Flatscreen-Monitoren blinkt es in allen erdenklichen Farben auf die Musik. Ich will ihm näher sein, presse mich an ihn, er presst sich an mich, auf den Takt, das Publikum kreischt wie verrückt, der Beat wird wilder, wir küssen wilder, er passt auf, dass es dabei meinem Gesicht noch gut geht. Ich fühl mich so frei, er kriegt einen Steifen, ich mach einen Schritt nach dem andern nach hinten und lass mich in den Schlamm fallen. Sammy hält mich, bewahrt mich vor einem harten Aufprall und folgt mir. Wir liegen im Schlamm, der Regen plätschert auf unsere Körper. Ich steig auf Sammy, unsere Lippen trennen sich nicht voneinander. Wir drehen uns, er liegt auf mir, ich versink im Schlamm, er knöpft langsam meine Hose auf …

ENDE

Und jetzt auf guten Boxen ganz laut *Soul's on Fire* von Anthony Hamilton hören. Lg Ayla

Die Autorin

Sıla Sönmez wurde 1984 in Köln geboren und ist türkischer Abstammung. Sie lebt in Berlin-Kreuzberg und studiert Kulturwissenschaften an der Europa-Universität Viadrina in Frankfurt (Oder). »Das Ghetto-Sex-Tagebuch« ist ihr erster Roman.

Sıla Sönmez
DAS GHETTO-SEX-TAGEBUCH
Roman

ANAIS Band 19
ISBN 978-3-89602-565-4

ANAIS ist ein Label des Berliner Schwarzkopf & Schwarzkopf Verlages.

Lektorat: Ulrike Fischer
Titelbild: © Nico Klein-Allermann / klein-allermann.de

Katalog
Wir senden Ihnen gern kostenlos unseren Katalog
Schwarzkopf & Schwarzkopf Verlag GmbH | Leserservice ANAIS
Kastanienallee 32 | 10435 Berlin
Telefon: 030 – 44 33 63 00 | Fax: 030 – 44 33 63 044

Internet | E-Mail
www.anais.de | info@anais.de